U0108372

從閱讀中廣泛接觸常用詞彙，

是學好日文的最佳捷徑！

本書取材日本中小學課程所重視的 12 類知識，

內容包含人文教育、社會生活等；

作者巧思安排基礎學習必備的字彙、句型、文法，

完成 80 篇淺顯易懂的短文，

讀者可以從閱讀中豐富字彙量，有效提升閱讀能力。

本書好用學習內容：

◎ 80 篇精彩短文，全彩插圖，從閱讀中自然學好日文。

◎ 逐字對譯，不用查字典，就能豐富字彙量，提升閱讀力。

◎ 短文之後，詳列重要單字＆實用句型。

◎ 同步體驗日本中小學的基礎知識，從閱讀中瞭解日本文化與生活。

◎ 附【東京音朗讀 MP3】，有效提昇日文聽力。

◎ 內容與日檢考試【讀解測驗】相呼應，適合作為準備考試的材料。

作 者 序

給每一位讀者：

◎ 學習語言最大的樂趣是什麼？

絕對不僅止於「一問一答」。最大的樂趣在於用外語表達自己的想法，直接和外國人溝通，透過外語直接領會外國人的思考。這等於「替自己的世界開一扇窗」，「藉由語言了解外國，拓展自己的世界」，這才是學習語言的「醍醐味」。

◎ 本書的內容構成

本書的12類知識，取材自日本「學校教育法」所訂的中小學教育目標。包含：飲食、服飾、休閒、人物、生活習慣、傳統文化、年中行事、名勝景觀、交通工具、居住、學校教育、社會生活……等。內容豐富，極具全面性。

了解日本的風俗民情、了解孕育出「日語」這個語言的文化背景，攸關能否「精細、契合」的使用日語。如果完全不了解風俗民情、只學語言，就如同將日本料理的食材，用外國料理的做法來處理，一定會喪失原味。有了文化背景的認知，單字、句型、或文法，就不只是「記住」而已，能夠變成一種「恰當的運用」，對於學習語言絕對有極大的幫助。

我常常告訴學生，學習單字、了解文法都是「硬體」，只是「材料」；材料組裝後能否順利運作，就要依賴「軟體」，也就是前面提到的文化背景。如果能夠因時因地的恰當運用語言，完全是「軟體」輔助的功勞。

寫作本書時，我盡量安排基礎學習必備、也容易理解的單字、句型、及文法，希望讓大家能以淺顯易懂的日文，來閱讀日本中小學課程的知識，充實「硬體」與「軟體」，並從中學好日文。

最後，希望這本書能讓大家更了解日本、熟悉日語，開啟通往另一世界之窗。

本 書 特 色

1. 80篇精彩短文

單元主題

全彩插圖

聽東京音
朗讀MP3

圖說文字

精彩短文

逐字對譯

流暢譯文

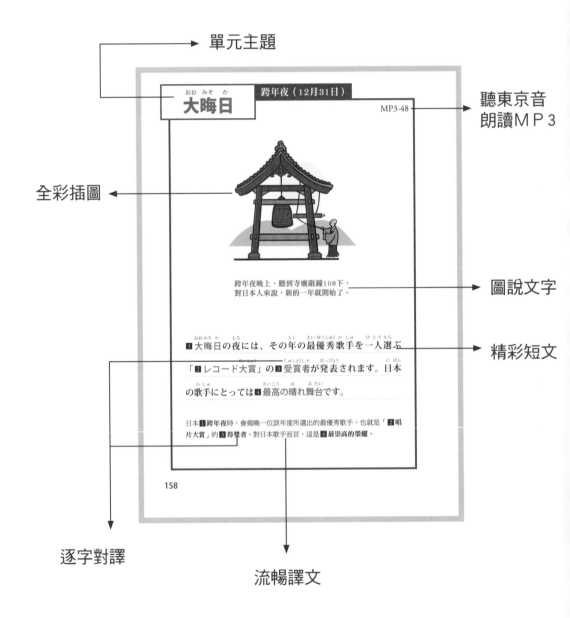

大晦日
おお みそ か

跨年夜（12月31日）

MP3-48

跨年夜晚上，聽到寺廟敲鐘108下，
對日本人來說，新的一年就開始了。

■大晦日の夜には、その年の最優秀歌手を一人選ぶ
「■レコード大賞」の■受賞者が発表されます。日本
の歌手にとっては■最高の晴れ舞台です。

日本■跨年夜時，會揭曉一位該年度所選出的最優秀歌手，也就是「■唱
片大賞」的■得獎者。對日本歌手而言，這是■最崇高的榮耀。

158

本 書 特 色

2. 重要單字＆實用句型

單字整理

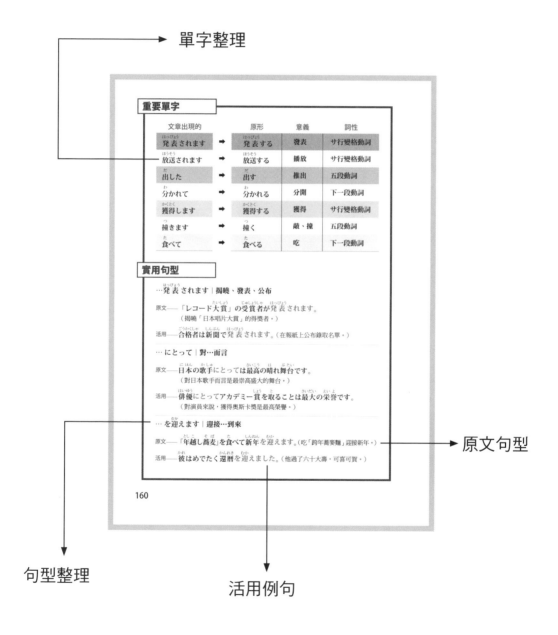

重要單字

文章出現的		原形	意義	詞性
発表されます	➡	発表する	發表	サ行變格動詞
放送されます	➡	放送する	播放	サ行變格動詞
出した	➡	出す	推出	五段動詞
分かれて	➡	分かれる	分開	下一段動詞
獲得します	➡	獲得する	獲得	サ行變格動詞
撞きます	➡	撞く	敲・撞	五段動詞
食べて	➡	食べる	吃	下一段動詞

實用句型

…発表されます｜揭曉、發表、公布

原文——「レコード大賞」の受賞者が発表されます。
（揭曉「日本唱片大賞」的得獎者。）

活用——合格者は新聞で発表されます。（在報紙上公布錄取名單。）

… にとって｜對…而言

原文——日本の歌手にとっては最高の晴れ舞台です。
（對日本歌手而言是最崇高盛大的舞台。）

活用——俳優にとってアカデミー賞を取ることは最大の栄誉です。
（對演員來說，獲得奧斯卡獎是最高榮譽。）

… を迎えます｜迎接…到來

原文——「年越し蕎麦」を食べて新年を迎えます。（吃「跨年蕎麥麵」迎接新年。）

活用——彼はめでたく還暦を迎えました。（他過了六十大壽，可喜可賀。）

160

句型整理

活用例句

原文句型

1 飲食

2 服飾

3 休閒

4 人物

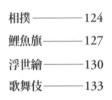

1 飲食

日本對於外來文化通常採取兩種態度：一是完全接受，一是與日本既有的傳統融合，創造出新品。前者強調「純粹性」，後者強調「多樣化」，連「飲食」也不例外。

大家印象中的日本料理，其實包含「和・洋・中」三種。「和」是類似懷石料理的傳統日式料理，「洋」是西洋料理，「中」是中華料理。後兩者雖然不是原有的「和食」，但都已日本化，所以廣義來說都屬於「日本食」。

例如大家熟知的「日式炸豬排」，其實是源自法國，但是作法和吃法都已日本化；拉麵、餃子等也和中國原本的不同。甚至，許多人熟知「日式蛋包飯」，也是日本人改良創新的洋食，正統西餐是沒有這道菜的。

當然，除了融合與創新，日本境內也有純粹的外來飲食，例如「正統西餐」和「正宗中華料理」。

刺身
さしみ

生肝片（左）和一般的生魚片（右）。
除了魚肉，日本人也生食內臟；
這對很多外國人來說，可能是很難接受的事。

にほん　しほう　うみ　　かこ　　　しんせん　ぎょかいるい
日本は四方が海に **1**囲まれ、新鮮な魚介類が **2**たっぷり

と　　　　　　　　　　　と　　さかな　なま　た　　りょうり　　はっ
捕れます。だから、**3** 捕った 魚を生で食べる料理が発

たっ
達しました。

日本四面 **1**環繞大海，可以捕獲 **2**豐富而新鮮的魚貝類，所以，利用
3捕獲的魚類做成生食料理，是十分普遍的。

生に近いほうが食材本来の味がわかりますし、栄養も
④壊れません。以前は魚介類だけでしたが、明治以降に
肉食が⑤一般化されてからは牛とか馬の肉も⑥刺身にし
て生で食べるようになりました。

近乎生食能夠品嚐食材原本的風味，營養成分也④不易破壞流失。起初，只有魚貝類如此，明治時代起，當肉食⑤普及之後，日本人也開始將牛肉和馬肉做成⑥生食料理食用。

「⑦鶏刺し」と言って鶏の刺身や、「⑧レバ刺し」と言
う肝臓の刺身まであります。しかし、⑨生ものは細菌が
⑩繁殖しやすいので注意をしないと食中毒になりま
す。

後來甚至出現所謂的⑦雞肉刺身、⑧肝臟刺身。不過，⑨生的食材⑩容易繁殖細菌，稍微不小心，就會造成食物中毒。

重要單字

文章出現的		原形	意義	詞性
囲_{かこ}まれ	➡	囲_{かこ}む	包圍	五段動詞
捕_とれます	➡	捕_とる	捕獲	五段動詞
発達_{はったつ}しました	➡	発達_{はったつ}する	發展	サ行變格動詞
わかります	➡	わかる	知道	五段動詞
壊_{こわ}れません	➡	壊_{こわ}れる	損壞	下一段動詞
なりました	➡	なる	變成…	五段動詞
あります	➡	ある	有(事物)	五段動詞

實用句型

… ようになりました｜逐漸變成…

原文——生_{なま}で食_たべるようになりました。（逐漸變成生食。）

活用——子供_{こども}が立_たって歩_{ある}くようになりました。

（孩子逐漸可以站起來走路了。）

… しやすい｜容易…

原文——生_{なま}ものは細菌_{さいきん}が繁殖_{はんしょく}しやすい。（生的東西容易繁殖細菌。）

活用——目的_{もくてき}がハッキリしているほうが練習_{れんしゅう}しやすい。

（目的明確，才容易進行練習。）

… ないと…になります｜不…的話，就會…

原文——注意_{ちゅうい}をしないと食中毒_{しょくちゅうどく}になります。

（不小心的話，就會導致食物中毒。）

活用——急_{いそ}がないと時間切_{じかんぎ}れになります。（不快一點的話，時間就到了。）

13

蕎麦（そば）

蕎麥麵（左）和蒙布朗蛋糕（右）。
「蒙布朗蛋糕」的特色，是上層的栗子和麵條狀的奶油。
因為奶油的顏色類似蕎麥麵，
所以在日本也戲稱這種蛋糕為「蕎麥麵」。

蕎麦（そば）は日本特有（にほんとくゆう）の麺類（めんるい）です。蕎麦（そば）は植物（しょくぶつ）の一種（いっしゅ）で、小麦（こむぎ）粉（こ）を❶混（ま）ぜて麺（めん）❷にします。蕎麦（そば）は栄養（えいよう）が非常（ひじょう）に豊富（ほうふ）です。忍者（にんじゃ）の❸非常食料（ひじょうしょくりょう）も蕎麦（そば）粉（こ）と小麦（こむぎ）粉（こ）が主原料（しゅげんりょう）でした。

「蕎麥麵」是日本特有的麵食。蕎麥是一種植物，蕎麥和麵粉❶混合，而❷做成蕎麥麵。蕎麥的營養非常豐富，日本忍者的❸應急糧食，也是以蕎麥粉和麵粉為主原料。

しかし、煮る時に④お湯の中に栄養が⑤流出します。

蕎麦の⑥煮汁は「蕎麦湯」として飲用します。

不過，煮蕎麥麵時，蕎麥的營養會⑤流失到④熱水裡，所以煮麵的⑥湯汁就被當成現成的「蕎麥湯」拿來飲用。

蕎麦屋では、店員に言えば⑦無料で出してくれます。好みに⑧より「⑨薬味（葱、⑩七味唐辛子、山葵、海苔など）を入れて食べます。⑪なお、⑫洋菓子の「モンブラン」も俗称で「おそば」と呼ばれる事があります。

到店裡吃蕎麥麵時，只要跟店員說一聲，店家就會提供⑦免費的「蕎麥湯」。喝的時候，可以⑧依照個人喜好加一些⑨調味料（蔥、⑩七香粉、山葵、海苔等）。⑪附帶一提的是，⑫西式糕點中的「蒙布朗蛋糕」，有時也被戲稱為「蕎麥麵」。

文章出現的		原形	意義	詞性
混<ruby>混<rt>ま</rt></ruby>ぜて	➡	混<ruby>ま</ruby>ぜる	摻混	下一段動詞
流出<ruby>りゅうしゅつ</ruby>します	➡	流出<ruby>りゅうしゅつ</ruby>する	流出	サ行變格動詞
飲用<ruby>いんよう</ruby>します	➡	飲用<ruby>いんよう</ruby>する	飲用	サ行變格動詞
言<ruby>い</ruby>えば	➡	言<ruby>い</ruby>う	說	五段動詞
出<ruby>だ</ruby>して	➡	出<ruby>だ</ruby>す	拿出	五段動詞
入<ruby>い</ruby>れて	➡	入<ruby>い</ruby>れる	加入	下一段動詞
食<ruby>た</ruby>べます	➡	食<ruby>た</ruby>べる	吃	下一段動詞

實用句型

…にします｜做成、當作…

原文——小麦粉を混ぜて麺にします。（混入麵粉做成麵。）

活用——反則行為があったので今の得点は無効にします。
（因為犯規，剛才的得分視為無效。）

…てくれます｜能給予…、能提供…

原文——店員に言えば無料で出してくれます。（跟店員說一聲，就會免費提供。）

活用——パソコンは文書作成を楽にしてくれます。
（電腦能幫你輕鬆完成文書檔案。）

…事があります｜有時、偶爾

原文——洋菓子の「モンブラン」も俗称で「おそば」と呼ばれる事があります。（西式糕點中的「蒙布朗蛋糕」，有時也被戲稱為「蕎麥麵」。）

活用——虎は鳥ですら捕まえる事があります。（有時候，老虎連鳥都抓得到。）

丼物（どんぶり もの）

日式蓋飯

對於蓋飯，日本人的聯想是勞工頭戴工作帽、
端著大碗坐在地上大口扒飯的樣子。
難怪日本女生覺得，吃蓋飯實在不是件優雅的事。

丼（どんぶり）とはご飯（はん）を**1**入（い）れる大（おお）きなお椀（わん）のことで、上（うえ）に**2**お

かずを**3**乗（の）せたものを「丼物（どんぶりもの）」と言（い）います。丼物（どんぶりもの）に

は「**4**天丼（てんどん）」「**5**勝丼（かつどん）」などがあります。諸外国（しょがいこく）で一番（いちばん）

有名（ゆうめい）なのは、日本（にほん）でも**6**チェーン店（てん）が多（おお）い「牛丼（ぎゅうどん）」か

もしれません。

日文的「丼」是指**1**盛裝白飯的大碗，白飯上面**3**鋪上**2**食材配料，就
成了「丼物」（蓋飯）。蓋飯有「**4**炸蝦蓋飯」、「**5**豬排蓋飯」等，在其
他國家最富盛名的，或許是日本境內也有極多**6**連鎖店的「牛肉蓋飯」。

外国との**7**違いは、女性が一人で入る事が**8**まずい点です。日本以外の国では、女性が**9**どこで食事をしても自由なようですが、日本では**10**男性向け、女性向けの区別があります。

和其他國家**7**不同的是，在日本，女性**8**不適合一個人到店內吃蓋飯。日本之外的各國，女性不論在**9**哪裡用餐，似乎都是個人自由，不過，在日本就有**10**適合男性和適合女性的區別。

女性が丼物を一人で食べないのは、元々が、**11**お膳に**12**乗せた正式料理を食べる時間のない労働階級の人の食べ方だからです。仕事の**13**合間に**14**ヘルメットを被ったまま、**15**地べたに坐って**16**掻き込むように食べるのが普通で、女性が食べるには**17**下品とみなされるのです。

女性不會單獨去吃蓋飯，原因在於：蓋飯原本是勞工階級沒有時間享用把飯菜**12**擺放在**11**餐盤上的正式料理，而有的飲食方式。通常，勞工階級都是趁著工作**13**空檔，甚至頭上還戴著**14**安全帽，就坐在**15**地上**16**匆忙地大口扒飯來吃。所以，女性吃蓋飯會給人**17**沒有氣質的聯想。

重要單字

文章出現的		原形	意義	詞性
<ruby>乗<rt>の</rt></ruby>せた	➡	<ruby>乗<rt>の</rt></ruby>せる	擺放	下一段動詞
<ruby>言<rt>い</rt></ruby>います	➡	<ruby>言<rt>い</rt></ruby>う	說	五段動詞
<ruby>食<rt>た</rt></ruby>べない	➡	<ruby>食<rt>た</rt></ruby>べる	吃	下一段動詞
<ruby>被<rt>かぶ</rt></ruby>った	➡	<ruby>被<rt>かぶ</rt></ruby>る	戴	五段動詞
<ruby>坐<rt>すわ</rt></ruby>って	➡	<ruby>坐<rt>すわ</rt></ruby>る	坐	五段動詞
みなされる	➡	みなす	認為	五段動詞

實用句型

… などがあります｜有…等等

原文——<ruby>丼<rt>どんぶり</rt></ruby><ruby>物<rt>もの</rt></ruby>には「<ruby>天丼<rt>てんどん</rt></ruby>」「<ruby>勝丼<rt>かつどん</rt></ruby>」などがあります。

（日式蓋飯有「炸蝦蓋飯」、「豬排蓋飯」等等。）

活用——<ruby>録画方式<rt>ろくがほうしき</rt></ruby>には、テープやＤＶＤやハードディスクなどがあります。

（錄影方式有錄影帶、DVD和硬碟等等。）

… かもしれません｜或許…

原文——<ruby>日本<rt>にほん</rt></ruby>でもチェーン<ruby>店<rt>てん</rt></ruby>が<ruby>多<rt>おお</rt></ruby>い「<ruby>牛丼<rt>ぎゅうどん</rt></ruby>」かもしれません。

（或許是在日本也有極多連鎖店的「牛肉蓋飯」。）

活用——<ruby>彼女<rt>かのじょ</rt></ruby>の<ruby>整形疑惑<rt>せいけいぎわく</rt></ruby>は<ruby>本当<rt>ほんとう</rt></ruby>かもしれません。（她的整形傳言，或許是真的。）

… しても｜即使…、不論是…

原文——<ruby>女性<rt>じょせい</rt></ruby>がどこで<ruby>食事<rt>しょくじ</rt></ruby>をしても<ruby>自由<rt>じゆう</rt></ruby>なようですが…

（女性不論是在哪裡用餐，似乎都是個人自由…）

活用——<ruby>勉強<rt>べんきょう</rt></ruby>しても<ruby>上手<rt>じょうず</rt></ruby>にならない<ruby>人<rt>ひと</rt></ruby>はやり<ruby>方<rt>かた</rt></ruby>が<ruby>間違<rt>まちが</rt></ruby>っているのです。

（即使用功也得不到效果的人，應該是方法不對。）

寿司
<ruby>寿<rt>す</rt></ruby><ruby>司<rt>し</rt></ruby>

在日本，「壽司」一詞若不特別說明，
大多是指「握壽司」。

<ruby>寿司<rt>す し</rt></ruby>は<ruby>日本料理<rt>に ほんりょう り</rt></ruby>ですが、<ruby>起源<rt>き げん</rt></ruby>は❶タイだそうです。<ruby>元々<rt>もともと</rt></ruby>

は<ruby>魚<rt>さかな</rt></ruby>を<ruby>米<rt>こめ</rt></ruby>に❷<ruby>漬<rt>つ</rt></ruby>けて❸<ruby>一緒<rt>いっしょ</rt></ruby>に<ruby>発酵<rt>はっこう</rt></ruby>させる<ruby>保存食<rt>ほ ぞんしょく</rt></ruby>だった

そうです。

壽司雖是日本料理，但據說是起源於❶泰國，原本是一種將魚肉放入米飯
中❷醃漬，讓兩者❸一起發酵，並能長久保存的食物。

タイでは米は **4** 食べませんが、日本では一緒に食べるようになりました。発酵には時間が **5** かかるので、**6** 即席で作るためにご飯に酢を **7** 混ぜるようになりました。それが日本独特の「酢飯」です。

不過，在泰國 **4** 不吃米飯，在日本則變成一起吃。但因為發酵 **5** 耗費時間，為了 **6** 馬上就能做壽司，便改變成在白飯中加醋 **7** 混合，這就是日本獨有的「醋飯」。

酢飯の上に、魚だけでなく **8** 色々な **9** ネタを乗せて食べるようになり、今の **10** 形になったそうです。**11** 握り寿司（関東）、**12** 巻き寿司（関西）の他に 丼 にした **13** 散らし寿司もあります。

據說醋飯上面不只放魚肉，還會放上 **8** 各式各樣的 **9** 食材一起吃，就形成了現今壽司的 **10** 樣貌。種類包括關東的 **11** 握壽司、關西的 **12** 捲壽司，另外還有做成蓋飯的 **13** 散壽司。

文章出現的		原形	意義	詞性
漬_つけて ➡		漬_つける	淹漬	下一段動詞
発酵_{はっこう}させる ➡		発酵_{はっこう}する	發酵	サ行變格動詞
食_たべません ➡		食_たべる	吃	下一段動詞
なりました（なった） ➡		なる	變成…	五段動詞
した ➡		する	做…	サ行變格動詞

實用句型

…だそう｜據說…

原文——寿司_{すし}は日本料理_{にほんりょうり}ですが、起源_{きげん}はタイだそうです。

（壽司雖是日本料理，但據說起源自泰國。）

活用——彼女_{かのじょ}はＯＬだそうですが学生_{がくせい}に見_みえます。

（據說她是個粉領族，但看起來卻像個學生。）

…が…｜雖然…但是…

原文——タイでは米_{こめ}は食_たべませんが、日本_{にほん}では一緒_{いっしょ}に食_たべるようになりました。（泰國是不吃米飯的，但在日本卻變成一起吃。）

活用——あのレストランは高_{たか}いですが美味_{おい}しいです。

（那間餐廳價格雖貴，但很好吃。）

…ので｜因為…所以…

原文——発酵_{はっこう}には時間_{じかん}がかかるので、即席_{そくせき}で作_{つく}るために…

（因為發酵需要時間，為了馬上就能做…）

活用——続編_{ぞくへん}は単_{たん}なる蒸_むし返_{かえ}しだったので不評_{ふひょう}でした。

（因為續集只是老調重彈，所以評價不好。）

和菓子
わがし

「和菓子」大多精緻美觀，
包含專業師傅的創意與用心。
和菓子極甜，正好適合搭配苦澀的日本茶。

和菓子とは、日本伝統のお菓子です。和菓子も寿司など

と同じく、**1** 職人に **2** よって **3** 作られてきたお菓子で

す。**4** 渋くて苦味のある日本茶と共に食べるため、甘さ

が強いのが特徴です。

「和菓子」是日式的傳統甜點。「和菓子」和壽司等相同，都是 **2** 經由 **1**
專業師傅 **3** 製作出來的點心。由於「和菓子」多半搭配 **4** 苦澀的日本茶一
起食用，因此，味道極甜是一大特徵。

反対は、**5** ケーキなどの「洋菓子」です。元々は、明治時代以降に外国から **6** 伝わったものが発展してできた物です。

與「和菓子」相對的是 **5** 蛋糕之類的西式甜點 ──「洋菓子」。「洋菓子」是明治時期之後根據外國 **6** 傳入的東西逐漸發展而成的。

ですから、その前に **7** 伝来した羊羹や月餅などの「唐菓子」、**8** ポルトガルから伝わり発展した **9** カステラなどの「南蛮菓子」も和菓子の範疇に **10** 入ります。和菓子は伝統的世界ですが特別な規定はなく、毎年職人によって新しい創作菓子が **11** 作り出されています。

因此，在明治之前 **7** 傳入日本的羊羹、月餅等中式「唐菓子」，以及來自 **8** 葡萄牙並經過改良的 **9** 蜂蜜蛋糕等「南蠻菓子」，兩者都 **10** 包含在「和菓子」的範疇。「和菓子」雖然是傳統甜點，不過並沒有特別的限制，每年專業的師傅都會 **11** 做出許多創新的「和菓子」商品。

重要單字

文章出現的		原形	意義	詞性
よって	➡	よる	經由…	五段動詞
作られて	➡	作る	製作	五段動詞
伝わった	➡	伝わる	傳播、傳承	五段動詞
発展して	➡	発展する	發展	サ行變格動詞
入ります	➡	入る	包含	五段動詞
作り出されています	➡	作り出す	做出	五段動詞

實用句型

… などと同じく｜和…等相同

原文——和菓子も寿司などと同じく、職人によって作られてきたお菓子です。

（和菓子和壽司等相同，都是由專業師傅製作而成的點心。）

活用——鯨も犬などと同じく、哺乳類の仲間です。

（鯨魚和狗等相同，都是屬於哺乳類。）

… ため｜因為

原文——日本茶と共に食べるため、甘さが強いのが特徴です。

（因為搭配日本茶食用，味道極甜是一大特徵。）

活用——寒さのためエンジンがかかりません。（因為太冷，引擎發不動。）

… が発展して｜發展…

原文——外国から伝わったものが発展してできた物です。

（根據外國傳入的東西逐漸發展而成的。）

活用——電話が発展して携帯電話になりました。（從電話發展成為手機。）

人形燒
にんぎょうやき

「人形燒」的造型大多是「七福神」或「淺草雷門」。
店家或攤販現場烘烤的人形燒，
絕對比盒裝的好吃許多。

人形焼は、**1** 数ある和菓子の中の一つです。浅草が

2 本拠地でした。中に餡が **3** 入っている物と **4** ない物の

二つがあります。

「人形燒」是 **1** 眾多「和菓子」之一，以淺草為 **2** 發源地。「人形燒」有
兩種，一種 **3** 有包入內餡，一種 **4** 沒有。

餡は、⑤こしあんや⑥つぶあん、あるいは抹茶あんなどがあります。中には洋菓子の⑦カスタードクリーム（シュークリームの⑧中身）が入っている物もあります。

「人形燒」的內餡有⑤紅豆餡、⑥豆沙餡、或是抹茶餡等，也有以西式甜點會用的⑦卡士達奶油（泡芙的⑧內餡）做內餡的「人形燒」。

浅草寺などの⑨屋台で⑩売っている物は、その場で⑪焼いた物なのですぐに食べないと⑫風味が落ちます。しかし、⑬箱に入った物は工場で量産された物なので、一ヶ月くらいの保存が⑭できます。

淺草寺等地的⑨攤販所⑩販賣的「人形燒」，因為是現場⑪烘烤的，不當場吃的話會⑫喪失原有的風味和口感。不過，工廠大量生產的⑬盒裝「人形燒」，大約⑭可以保存一個月。

27

文章出現的		原形	意義	詞性
<ruby>入<rt>はい</rt></ruby>っている	➡	<ruby>入<rt>はい</rt></ruby>る	含有	五段動詞
あります	➡	ある	有（事物）	五段動詞
<ruby>売<rt>う</rt></ruby>っている	➡	<ruby>売<rt>う</rt></ruby>る	販賣	五段動詞
<ruby>焼<rt>や</rt></ruby>いた	➡	<ruby>焼<rt>や</rt></ruby>く	烘烤	五段動詞
<ruby>落<rt>お</rt></ruby>ちます	➡	<ruby>落<rt>お</rt></ruby>ちる	墜落、喪失	上一段動詞
<ruby>量産<rt>りょうさん</rt></ruby>された	➡	<ruby>量産<rt>りょうさん</rt></ruby>する	大量生產	サ行變格動詞

實用句型

…の<ruby>中<rt>なか</rt></ruby>の<ruby>一<rt>ひと</rt></ruby>つ｜其中之一

原文——<ruby>人形焼<rt>にんぎょうやき</rt></ruby>は、<ruby>数<rt>かず</rt></ruby>ある<ruby>和菓子<rt>わがし</rt></ruby>の<ruby>中<rt>なか</rt></ruby>の<ruby>一<rt>ひと</rt></ruby>つです。

（人形燒是眾多和菓子之中的一種。）

活用——<ruby>日本<rt>にほん</rt></ruby>は、<ruby>漢字文化圏<rt>かんじぶんかけん</rt></ruby>の<ruby>中<rt>なか</rt></ruby>の<ruby>一<rt>ひと</rt></ruby>つです。（日本是漢字文化圈之一。）

…もあります｜也有

原文——<ruby>中<rt>なか</rt></ruby>には<ruby>洋菓子<rt>ようがし</rt></ruby>のカスタードクリームが<ruby>入<rt>はい</rt></ruby>っている<ruby>物<rt>もの</rt></ruby>もあります。

（其中，也有以西式甜點所用的卡士達奶油做內餡的東西。）

活用——<ruby>日本<rt>にほん</rt></ruby>には、<ruby>日本固有<rt>にほんこゆう</rt></ruby>の<ruby>漢字<rt>かんじ</rt></ruby>「<ruby>国字<rt>こくじ</rt></ruby>」もあります。

（日本也有日本特有的漢字，叫「國字」。）

…ができます｜能夠

原文——<ruby>一<rt>いっ</rt></ruby>ヶ<ruby>月<rt>げつ</rt></ruby>くらいの<ruby>保存<rt>ほぞん</rt></ruby>ができます。（大約能夠保存一個月。）

活用——ＭＤは<ruby>録音<rt>ろくおん</rt></ruby>した<ruby>音楽<rt>おんがく</rt></ruby>の<ruby>編集<rt>へんしゅう</rt></ruby>が<ruby>自由<rt>じゆう</rt></ruby>にできます。

（MD能夠自由編輯錄好的音樂。）

納豆
<ruby>納<rt>なっ</rt></ruby><ruby>豆<rt>とう</rt></ruby>

MP3-07

吃納豆時，通常會加入醬油攪拌調味。
反覆攪拌後牽絲越多，營養酵素也越多。

<ruby>納豆<rt>なっとう</rt></ruby>は❶<ruby>大豆<rt>だいず</rt></ruby>を<ruby>納豆菌<rt>なっとうきん</rt></ruby>に❷よって❸<ruby>発酵<rt>はっこう</rt></ruby>させた<ruby>日本<rt>にほん</rt></ruby>の<ruby>食<rt>しょく</rt></ruby><ruby>品<rt>ひん</rt></ruby>。<ruby>納豆<rt>なっとう</rt></ruby>も<ruby>起源<rt>きげん</rt></ruby>は<ruby>中国<rt>ちゅうごく</rt></ruby>で、<ruby>豆腐<rt>とうふ</rt></ruby>と<ruby>同<rt>おな</rt></ruby>じように<ruby>大豆<rt>だいず</rt></ruby>から❹<ruby>作<rt>つく</rt></ruby>られます。しかし、<ruby>中国<rt>ちゅうごく</rt></ruby>から<ruby>輸入<rt>ゆにゅう</rt></ruby>された<ruby>納豆<rt>なっとう</rt></ruby>と、<ruby>現代<rt>げんだい</rt></ruby>の❺<ruby>糸<rt>いと</rt></ruby>を<ruby>引<rt>ひ</rt></ruby>く<ruby>納豆<rt>なっとう</rt></ruby>は❻<ruby>同<rt>おな</rt></ruby>じではありません。

「納豆」是❶黃豆❷藉由納豆菌❸發酵而成的日式食物。納豆也是源自於中國，和豆腐一樣都是由黃豆❹製成的。不過，從中國傳入的納豆和日本現今❺牽絲的納豆是❻不一樣的。

納豆は⑦かき回し、糸をたくさん⑧引いたほうがおいしいし、酵素が増えて⑨体にいいです。発酵して作るので⑩臭みがあり、また⑪ネバネバしているので嫌だと言って食べない人もいます。

納豆⑦反覆攪拌後，⑧拉出的牽絲越多越好吃，產生的酵素也越多，對⑨身體健康有益。因為納豆是經過發酵製成的，所以有股⑩刺鼻的氣味，再加上⑪黏稠的口感，有些人實在不喜歡而難以下嚥。

⑫特に、関西の人には納豆を食べる習慣がありません。⑬しかし栄養は豊富で風味があり、諸外国にも⑭輸出されるまでに⑮なってきました。

⑫尤其是關西地區的日本人，根本沒有吃納豆的習慣。⑬不過因為納豆營養豐富，又有特殊風味，後來甚至⑮演變成⑭出口到世界各國的產品。

文章出現的		原形	意義	詞性
作(つく)られます	➡	作(つく)る	製作	五段動詞
輸入(ゆにゅう)された	➡	輸入(ゆにゅう)する	進口	サ行變格動詞
発酵(はっこう)して	➡	発酵(はっこう)する	發酵	サ行變格動詞
います	➡	いる	有（人）	上一段動詞
ありません	➡	ある	有（事物）	五段動詞
なってきました	➡	なってくる	逐漸演變成…	カ行變格動詞

實用句型

…から作(つく)られます｜由…做成

原文——豆腐(とうふ)と同(おな)じように大豆(だいず)から作(つく)られます。

　　　（和豆腐一樣，是由黃豆做成的。）

活用——紙(かみ)は、木(き)から作(つく)られます。（紙張是由樹木做成的。）

…同(おな)じではありません｜不一樣

原文——現代(げんだい)の糸(いと)を引(ひ)く納豆(なっとう)は同(おな)じではありません。

　　　（和現今牽絲的納豆不一樣。）

活用——中国(ちゅうごく)の漢字(かんじ)と日本(にほん)の漢字(かんじ)は完全(かんぜん)に同(おな)じではありません。

　　　（中國漢字跟日本的漢字不完全一樣。）

…特(とく)に｜特別、尤其

原文——特(とく)に、関西(かんさい)の人(ひと)には納豆(なっとう)を食(た)べる習慣(しゅうかん)がありません。

　　　（尤其是關西人，根本沒有吃納豆的習慣。）

活用——水羊羹(みずようかん)は、冷(ひ)やすと特(とく)に美味(おい)しいです。

　　　（水羊羹冰涼後特別好吃。）

たこ焼き

關西人用牙籤吃章魚燒，
關東人用筷子吃章魚燒。
更早期的吃法，
則是用竹串將章魚燒三個串成一串。

たこ焼きは関西が起源で、■ 小麦粉の生地の中に■ たこ

の小片を入れて■ 焼き上げた日本の料理です。関西では

男女を■ 問わずにたこ焼きの■ 作り方を知ってる人が多

く、

「章魚燒」起源於日本關西地區，是一種 ■ 麵糊內包裹 ■ 章魚碎片，再經
過 ■ 烘烤而成的日式小吃。只要是關西人，■ 不論男女，大多知道章魚燒
的 ■ 作法；

家庭には 必ずたこ⑥焼き板が 置いてあるそうです。簡

単な 料理に⑦見えますが、⑧だし汁や⑨小麦粉などの

比率が 非常に 難しいです。小麦粉が 少ないと⑩固まら

ず、⑪多すぎると⑫モサモサしておいしくないです。

據說每個家庭必定都有一個製作章魚燒用的⑥烘烤盤。章魚燒⑦看起來像
是一道簡單的料理，但其實⑧高湯和⑨麵粉的比例很難拿捏。如果麵粉太
少，章魚燒丸子就⑩不易凝固成形；麵粉⑪太多的話，就變得⑫乾乾硬
硬的不好吃。

ですから、関東では自宅で⑬作れる物とは認識されてい

ません。関東では店が少なく、⑭お祭りなどの⑮夜店で

食べる事が多いです。反対に関西では⑯あちこちにある

庶民の⑰おやつです。

因此，關東人並不認為章魚燒是在家中⑬可以DIY完成的食物。而且關東
地區賣章魚燒的店面很少，大多只在⑭祭典時的⑮夜市攤販才吃得到。相
反的，章魚燒在關西地區則是⑯隨處可見的平民⑰點心。

文章出現的		原形	意義	詞性
知<ruby>し</ruby>ってる	➡	知<ruby>し</ruby>る	知道	五段動詞
置<ruby>お</ruby>いて	➡	置<ruby>お</ruby>く	放置	五段動詞
見<ruby>み</ruby>えます	➡	見<ruby>み</ruby>える	看起來	下一段動詞
固<ruby>かた</ruby>まらず	➡	固<ruby>かた</ruby>まる	凝固	五段動詞
作<ruby>つく</ruby>れる	➡	作<ruby>つく</ruby>る	製作	五段動詞
認識<ruby>にんしき</ruby>されていません	➡	認識<ruby>にんしき</ruby>する	理解、認為	サ行變格動詞
少<ruby>すく</ruby>なく	➡	少<ruby>すく</ruby>ない	稀少	い形容詞

實用句型

… が起源<ruby>きげん</ruby>｜起源

原文——たこ焼<ruby>や</ruby>きは関西<ruby>かんさい</ruby>が起源<ruby>きげん</ruby>です。（章魚燒起源於關西。）

活用——日本<ruby>にほん</ruby>の伝統建築<ruby>でんとうけんちく</ruby>は中国<ruby>ちゅうごく</ruby>が起源<ruby>きげん</ruby>です。（日本的傳統建築起源自中國。）

… を問<ruby>と</ruby>わず｜不論

原文——男女<ruby>だんじょ</ruby>を問<ruby>と</ruby>わずにたこ焼<ruby>や</ruby>きの作<ruby>つく</ruby>り方<ruby>かた</ruby>を知<ruby>し</ruby>ってる人<ruby>ひと</ruby>が多<ruby>おお</ruby>く…

（不論男女，很多人都知道章魚燒的作法…）

活用——ディズニーの映画<ruby>えいが</ruby>は国籍<ruby>こくせき</ruby>を問<ruby>と</ruby>わずに親<ruby>した</ruby>しまれています。

（不論國籍，很多人都喜歡迪士尼的電影。）

… 必<ruby>かなら</ruby>ず｜一定

原文——家庭<ruby>かてい</ruby>には必<ruby>かなら</ruby>ずたこ焼<ruby>や</ruby>き板<ruby>いた</ruby>が置<ruby>お</ruby>いてあるそうです。

（據說家裡一定會有製作章魚燒的烘烤盤。）

活用——お正月<ruby>しょうがつ</ruby>には必<ruby>かなら</ruby>ずお餅<ruby>もち</ruby>を食<ruby>た</ruby>べます。（過年時一定會吃年糕。）

天婦羅
てんぷら

MP3-09

天婦羅是否好吃，取決於油炸方式和沾醬，
每個廚師的作法各不相同。

天婦羅_{てんぷら}も日本料理_{にほんりょうり}ですが、起源_{きげん}は**1**ポルトガルです。

2エビや魚_{さかな}などの魚介類_{ぎょかいるい}、あるいは**3**ナスや**4**タマネ

ギなどの野菜類_{やさいるい}に**5**衣_{ころも}（小麦粉_{こむぎこ}）を**6**付_つけて高温_{こうおん}の油_{あぶら}

で**7**揚_あげます。

「天婦羅」也是一種日式料理，起源自**1**葡萄牙。天婦羅的作法是將**2**蝦
子、魚貝類，或是**3**茄子、**4**洋蔥等蔬菜的外層**6**沾裹一層**5**麵衣（麵
粉）後，再放入高溫**7**油炸。

天婦羅を⑧浸して食べる汁は「天露」と言います。
⑨好みにより⑩大根おろしや、⑪紅葉おろし（⑫唐辛子を入れた大根おろし）を入れます。

吃天婦羅時所⑧沾的醬汁叫做「天露」。可以根據個人⑨喜好，在「天露」裡加入⑩蘿蔔泥，或是⑪紅葉蘿蔔泥（含⑫辣椒粉的蘿蔔泥）。

⑬魚の擦り身を⑭揚げたものを「天婦羅」という地方もあります。これは⑮元々西日本の方言で、⑯標準語では「天婦羅」とは⑰言いません。標準語ではこの料理を「さつま揚げ」と言います。

日本有些地方，將⑬魚漿⑭油炸物也叫做「天婦羅」（te.n.pu.ra），但這只是日本西部地方⑮原有的方言，⑯正確說法並⑰不稱作「天婦羅」，這樣的料理的正確名稱是「さつま揚げ」（sa.tsu.ma.a.ge）。

文章出現的		原形	意義	詞性
付_つけて	➡	付_つける	抹上	下一段動詞
揚_あげます	➡	揚_あげる	油炸	下一段動詞
浸_{ひた}して	➡	浸_{ひた}す	浸泡	五段動詞
より	➡	よる	根據	五段動詞
入_いれます	➡	入_いれる	放入	下一段動詞
あります	➡	ある	有(事物)	五段動詞
言_いいません	➡	言_いう	稱作	五段動詞

實用句型

… を入_いれます｜放入、加入

原文——大根_{だいこん}おろしや、紅葉_{もみじ}おろしを入_いれます。
（加入蘿蔔泥或紅葉蘿蔔泥。）

活用——自動販売機_{じどうはんばいき}に硬貨_{こうか}を入_いれます。（把硬幣投入自動販賣機。）

… 元々_{もともと}｜原本的、既有的

原文——これは元々_{もともと}西日本_{にしにほん}の方言_{ほうげん}で…（這是日本西部原有的方言…）

活用——鯨_{くじら}は元々_{もともと}は陸生動物_{りくせいどうぶつ}だったのに海生動物_{かいせいどうぶつ}になりました。
（鯨魚原本是陸棲動物，後來卻成為海棲動物。）

… と言_いいます｜稱作…

原文—— 標準語_{ひょうじゅんご}ではこの料理_{りょうり}を「さつま揚_あげ」と言_いいます。
（這道料理的正確名稱為「sa.tsu.ma.a.ge」。）

活用——日本_{にほん}の事_{こと}を「和_わ」と言_いいます。（日本相關的事物稱為「和」。）

お酒
（さけ）

發泡酒（左）的魅力在於口感清爽，而且價格便宜。
日本酒（右）則是冷熱飲皆宜。

お酒は穀物や**1**果物を発酵させて作ります。日本酒を発

酵させる主原料は主に米です。**2**上質の日本酒は最上

質の水で**3**作られるので、**4**口当たりが非常にいいで

す。

日本酒是利用穀物或**1**水果發酵釀造而成的。「米」是日本酒發酵的主
要原料，**2**上等的日本酒是採用最上等的水質所**3**製成的，因此喝起來
4口感非常好。

世界的に普及しているお酒は⑤ビールですが、これは

麦芽を発酵させるので漢字では「麦酒」と書きます。最

近の日本ではビールが課税対象となり⑥値段が⑦上がり

⑧庶民の⑨手に入りにくくなりました。

世界上最普及、最大眾化的酒，應該就屬⑤啤酒了。啤酒是麥芽發酵釀造的，所以如果用漢字表示，會寫成「麦酒」。近來，因為日本課徵啤酒稅，導致啤酒⑥價格⑦上漲，⑧民眾⑨變得不太願意購買。

そこで、ビールと味を⑩そっくりにした「発泡酒」が

⑪人気です。発泡酒は原価が⑫安く税率もビールより低

いので一大勢力と⑬なっています。

另一方面，卻造成了和啤酒味道⑩極相似的「發泡酒」⑪大受歡迎。發泡酒不僅價格⑫便宜，而且稅率也比啤酒低，⑬成為酒類中的新勢力。

文章出現的		原形	意義	詞性
発^{はっこう}酵させて	➡	発^{はっこう}酵する	發酵	サ行變格動詞
作^{つく}ります	➡	作^{つく}る	製作	五段動詞
普^{ふきゅう}及している	➡	普^{ふきゅう}及する	普及	サ行變格動詞
書^かきます	➡	書^かく	寫	五段動詞
にくく	➡	にくい	難以…	い形容詞
安^{やす}く	➡	安^{やす}い	便宜	い形容詞

實用句型

… 主^{おも}に｜主要

原文——日^に本^{ほん}酒^{しゅ}を発^{はっこう}酵させる主^{しゅ}原^{げんりょう}料は主^{おも}に米^{こめ}です。

（米是日本酒發酵的主要原料。）

活用——エステの利^{りようしゃ}用者は主^{おも}に女^{じょせい}性です。（做SPA的人主要是女性。）

… と書^かきます｜寫成

原文——これは麦^{ばくが}芽を発^{はっこう}酵させるので漢^{かんじ}字では「麦^{ビール}酒」と書^かきます。

（這是麥芽發酵釀造的，所以漢字寫成「麦酒」。）

活用——「春^{はる}」と言^いう字^じは「三^{さんにん}人の日^ひ」と書^かきます。

（「春」這個字寫成「三人之日」。）

… より｜比…

原文——発^{はっぽうしゅ}泡酒は原^{げんか}価が安^{やす}く税^{ぜいりつ}率もビールより低^{ひく}いので…

（發泡酒因為價格便宜，稅率也比啤酒低…）

活用——黄^{きいろ}色のキーウィは緑^{みどり}のキーウィより甘^{あま}いです。

（黃色的奇異果比綠色的奇異果甜。）

駅弁
えき べん

網焼き牛たん弁当
（宮城県　東北本線/仙台駅 ）

ぶりかまめし
（富山県　氷見線/氷見駅 ）

毎一種車站便當都各具特色。
近來，在日本的百貨公司，
也能買到各地知名的車站便當。

駅弁とは、**1**駅で売っている**2**弁当のことです。しかし、街でも**3**買える普通のお弁当を駅で売っているわけではありません。

車站便當，是指在**1**車站販售的**2**便當，但並不是在車站販售路上到處都能**3**買得到的便當。

元々は旅の人のために、4 地元の名産をお 5 弁当にした

物を駅で売っていたのです。ですから、6 弁当箱の 形

から食材、7 調理方法などがその駅独特のものが売ら

れています。

車站便當原本是為了旅客的需求，而將 4 當地名產 5 做成便當在車站內販售。因此從 6 便當盒的外形到食材、7 烹調方法等，都有該車站獨樹一幟的特色。

駅によって特色が 8 ちがうので、これら全国の駅弁を

9 一つずつ食べるのが 10 趣味の人や、11 食べ終わった

箱とか弁当の 12 表紙、13 箸袋などを収集する人もいま

す。

也因為各車站的特色 8 不同，所以，有人以 9 一個一個吃遍這些全國各地的車站便當為 10 興趣；也有人專門收集 11 吃完的便當盒、便當的 12 包裝紙和 13 筷袋等東西。

文章出現的		原形	意義	詞性
売っている	➡	売る	販賣	五段動詞
買える	➡	買う	買	五段動詞
した	➡	する	做…	サ行變格動詞
よって	➡	よる	根據	五段動詞
食べ終わった	➡	食べ終わる	吃完	五段動詞
います	➡	いる	有(人)	上一段動詞

實用句型

… わけではありません｜並不是

原文──街でも買える普通のお弁当を駅で売っているわけではありません。
（並不是在車站販售路上到處都買得到的便當。）

活用──ジェットコースターと言っても、ジェットエンジンが付いてる
わけではありません。
（雲霄飛車的原意雖然有「噴射」的意思，但本身並沒有裝噴射引擎。）

… 一つずつ｜一個一個

原文──これら全国の駅弁を一つずつ食べるのが趣味の人もいます。
（也有人以一一吃遍這些全國各地的車站便當為興趣。）

活用──製品は一つずつ手作業で検査されます。（用手一個一個檢查產品。）

… とか｜像是…之類的

原文──食べ終わった箱とか弁当の表紙、箸袋などを収集する人もいま
す。（也有人收集像是吃完的便當盒、便當的包裝紙和筷袋之類的東西。）

活用──彼女はテニスとかゴルフの球技が得意です。
（她擅長像是網球、高爾夫之類的球類運動。）

おにぎり

三角御飯糰外面常會包一片海苔，
是為了吃的時候，避免米飯直接黏手。

おにぎりも 丼 物などと同様、簡便化した食事方式で
<small>どんぶりもの</small> <small>どうよう</small> <small>かんべんか</small> <small>しょくじ ほうしき</small>
す。 丼 物より**1**はるかに**2**簡素で、主食で副食（**3**お
<small>どんぶりもの</small> <small>かん そ</small> <small>しゅしょく</small> <small>ふくしょく</small>
かず）を**4**包んでできています。
<small>つつ</small>

御飯糰和日式蓋飯相同，都是簡單、方便的食物。御飯糰又比日式蓋飯
1更加**2**簡便，等於是用主食「飯」把副食（**3**配菜）**4**包在一起。

44

箸も[5]要らず、[6]片手で食べられます。西洋の[7]サンドイッチや[8]ハンバーガーと同じです。食べやすいだけでなく、弁当のように[9]型崩れせず、弁当箱も不要で[10]かさばらないため日本では遠足の日にはおにぎりを[11]持っていくのが普通です。

吃御飯糰時[5]不需要筷子，用[6]單手就能大口吃，和西方的[7]三明治、[8]漢堡一樣方便。御飯糰不僅食用方便，形狀也和便當一樣[9]不易變形；而且又不需要裝便當盒、[10]不佔空間，所以日本人出外郊遊時通常都會把御飯糰[11]帶去。

[12]外見から[13]タネ（中身）の種類が[14]わかるように 〇、□、△ などに 形 を変えるのが普通です。タネには鮭、[15]しらす、梅干、[16]おかか等を入れます。

為了從[12]外觀[14]辨認[13]內餡的種類，一般會做成圓形、正方形、三角形等不同形狀。內餡大多放入鮭魚、[15]小沙丁魚、醃梅子、[16]柴魚等。

文章出現的		原形	意義	詞性
包んで	➡	包む	包裹	五段動詞
要らず	➡	要る	需要	五段動詞
食べられます	➡	食べる	吃	下一段動詞
型崩れせず	➡	型崩れする	變形	サ行變格動詞
かさばらない	➡	かさばる	佔空間	五段動詞
持って	➡	持つ	攜帶	五段動詞

實用句型

… はるかに｜更加、遙遠

原文—— 丼物よりはるかに簡素で、主食で副食を包んでできています。

（比日式蓋飯更加簡便，等於是用主食包住配菜。）

活用——シンガポールは台湾よりはるかに南にあります。

（新加坡在比台灣更遠的南方。）

… だけでなく｜不只

原文——食べやすいだけでなく、弁当のように型崩れせず…

（不只方便食用，形狀也像便當一樣不易變形…）

活用——携帯は通話機能だけでなく撮影機能もあります。

（手機不僅能通話，還能拍攝。）

… がわかるように｜為了辨認、了解…

原文——外見からタネの種類がわかるように○、□、△などに形を変えるのが普通です。（為了從外觀辨認出內餡的種類，一般會做成圓形、正方形、三角形等區別。）

活用——違いがわかるように、絵図にして説明します。

（為了了解差異，用畫圖說明。）

2 服飾

日本人的生活中，穿著傳統日本服飾的機會相當多。

尤其是日本女性，在「成人式」、進入新公司的「入社式」、相親、婚禮、新年時到神社參拜、或是日本傳統節慶等場合，經常穿著「和服」。

外國稱日本和服為「KIMONO」，日本和服也受到很多人喜愛。和服當中價格最便宜的是「浴衣」，「浴衣」的穿法比「和服」簡單，日本人在夏日祭典或煙火大會上，通常穿這種質料較薄、感覺較涼爽的日式浴衣。

和服
（わふく）

MP3-13

目前，日本還是有許多新人結婚時選擇穿著和服。
穿著和服必須保持儀態優雅，否則美感全失。

和服の「和」は日本の別称ですが、**1**時には「呉服」と
も**2**言います。これは、三国時代のときに呉の**3**織物や
着物の縫製方法が日本に**4**伝わったことにあるとされま
す。呉は中国の服という意味です。

「和服」的「和」是日本的別稱。「和服」**1**有時也**2**稱作「呉服」，這
導因於「和服」被認為是中國三國時代「呉國」的**3**紡織品及衣物剪裁方
法**4**傳入日本而產生的，「呉」的意思就代表「中國服飾」。

和服は⑤動きにくいですが独特の美感を持ち、動きの制

限が⑥逆に特殊な⑦身のこなしを必要とします。だか

ら茶道や華道、あるいは日本剣術などにおいても正式

な⑧練習着として今でも使われています。

穿著和服雖然⑤活動不便，卻有種獨特的美感；但也正因為活動上的限
制，⑥反而需要特別重視⑦儀態。所以至今在茶道、花道或是日本劍道
中，「和服」仍被當成正式的⑧練習服裝。

また、⑨初詣、成人式、⑩お見合い、結婚式などの

⑪式典ではいまだに⑫多用されます。和服⑬そのもので

はありませんが、柔道着や空手着も、和服を⑭改造し

てできた物です。

而且，日本人在⑨新年參拜、成人式、⑩相親、婚禮等⑪節日慶典時，
仍然⑫普遍穿著「和服」出席。柔道服和空手道服⑬雖然不是和服，卻也
是從「和服」⑭改良而成的服飾。

重要單字

文章出現的		原形	意義	詞性
言います	➡	言う	稱作	五段動詞
動きにくい	➡	動く	活動	五段動詞
持ち	➡	持つ	擁有	五段動詞
使われています	➡	使う	使用	五段動詞
多用されます	➡	多用する	普遍使用	サ行變格動詞
できた	➡	できる	完成	上一段動詞

實用句型

…を必要とします｜需要

原文——動きの制限が逆に特殊な身のこなしを必要とします。

（有動作上的限制，反而需要特別重視儀態。）

活用——茶道や華道の稽古には和服を必要とします。

（練習茶道及花道時要身穿和服。）

…において｜在於…、在…

原文——日本剣術などにおいても正式な練習着として今でも使われています。（在日本劍道等，目前仍被用來當作正式的練習服。）

活用——日本においては、端午の節句は子供の祭りです。

（在日本，端午節是兒童的節日。）

…多用されます｜常用

原文——結婚式などの式典ではいまだに多用されます。

（在婚禮等節日慶典中，仍有很多人使用。）

活用——日本語は曖昧な言葉を多用されます。（日語中有許多曖昧用語。）

下駄
げた

齒狀的木屐有利於行走砂石路面，
但穿木屐走在柏油路上，
「喀嗍、摳隆」的聲響實在擾人。

1 下駄は元々日本の **2** 履物で、和服に **3** 合わせて履きます。しかし **4** 一昔前までは、男が学生服に合わせて履くと、粗野な人という悪い印象がありました。これを「 **5** 蛮カラ」と言います。

1 木屐是日式的傳統 **2** 鞋子，原是用來 **3** 搭配和服。不過，**4** 早期日本男生卻穿木屐搭配學生服，給人印象極差，感覺像個粗野人，只能用「 **5** 粗俗」來形容。

以前は⑥未舗装で⑦砂利の道路を歩くには、⑧歯がつい

た高い下駄は便利でした。しかし⑨舗装された道路を下

駄で歩くと⑩うるさいので、⑪段々⑫下品な⑬イメージ

になったのです。

以前，如果走在⑥沒鋪柏油的⑦砂石路，穿⑧附有齒狀的高跟木屐真的
很好走。不過，現在如果穿木屐走在⑨鋪了柏油的路面，所發出的聲響
⑩十分吵人，所以木屐⑪逐漸讓人產生⑫粗俗的⑬印象。

しかし、和服を着る機会の多い女性が下駄を履くことは

依然多く、また女性が履くと⑭可愛らしいので人気が

⑮回復しているそうです。

不過，只要是常穿和服的女性，大多仍然會搭配木屐。而且，因為女性穿
木屐就⑭感覺很可愛，所以木屐在日本⑮據說目前恢復了一些人氣。

文章出現的		原形	意義	詞性
<ruby>合<rt>あ</rt></ruby>わせて	➡	<ruby>合<rt>あ</rt></ruby>わせる	搭配	下一段動詞
<ruby>履<rt>は</rt></ruby>きます	➡	<ruby>履<rt>は</rt></ruby>く	穿（下半身）	五段動詞
ついた	➡	つく	附上	五段動詞
<ruby>舗装<rt>ほそう</rt></ruby>された	➡	<ruby>舗装<rt>ほそう</rt></ruby>する	鋪設	サ行變格動詞
<ruby>回復<rt>かいふく</rt></ruby>している	➡	<ruby>回復<rt>かいふく</rt></ruby>する	恢復	サ行變格動詞

實用句型

… という｜這樣的…、所謂的

原文——<ruby>粗野<rt>そや</rt></ruby>な<ruby>人<rt>ひと</rt></ruby>という<ruby>悪<rt>わる</rt></ruby>い<ruby>印象<rt>いんしょう</rt></ruby>がありました。

（讓人產生「粗野人」的壞印象。）

活用——<ruby>飛行機<rt>ひこうき</rt></ruby>は<ruby>危<rt>あぶ</rt></ruby>ない<ruby>乗<rt>の</rt></ruby>り<ruby>物<rt>もの</rt></ruby>というイメージがあります。

（一般人的印象中，飛機是種危險的交通工具。）

… ので｜因為

原文——<ruby>舗装<rt>ほそう</rt></ruby>された<ruby>道路<rt>どうろ</rt></ruby>を<ruby>下駄<rt>げた</rt></ruby>で<ruby>歩<rt>ある</rt></ruby>くとうるさいので…

（因為穿木屐行走在柏油路面會發出吵人的聲響…）

活用——バスが<ruby>来<rt>こ</rt></ruby>ないので、タクシーで<ruby>行<rt>い</rt></ruby>きます。

（因為公車不來，所以搭計程車去。）

… が<ruby>回復<rt>かいふく</rt></ruby>する｜恢復

原文——<ruby>女性<rt>じょせい</rt></ruby>が<ruby>履<rt>は</rt></ruby>くと<ruby>可愛<rt>かわい</rt></ruby>らしいので<ruby>人気<rt>にんき</rt></ruby>が<ruby>回復<rt>かいふく</rt></ruby>しているそうです。

（因為女性穿的話感覺很可愛，所以據說目前恢復了一些人氣。）

活用——<ruby>不景気<rt>ふけいき</rt></ruby>ばかりはありえないので、<ruby>何年<rt>なんねん</rt></ruby>か<ruby>後<rt>あと</rt></ruby>には<ruby>景気<rt>けいき</rt></ruby>が<ruby>回復<rt>かいふく</rt></ruby>すると<ruby>思<rt>おも</rt></ruby>われます。（不可能一直不景氣，我覺得幾年後景氣會復甦。）

浴衣
ゆかた

「浴衣」是日本人最常穿的一種「和服」，
不僅材質輕薄、穿法簡單，
價格也比正式「和服」便宜許多。

浴衣は和服の一種で、**1** よく夏に **2** 着用します。正式
ゆかた　わふく　いっしゅ　　　　　　　　なつ　　ちゃくよう　　　　　　せいしき

な和服は女性では **3** 振袖です。しかし、**4** 特に女性の振
わふく　じょせい　　　　ふりそで　　　　　　　　　　とく　じょせい　　ふり

袖は着るのが **5** 大変で、髪も正式な日本髪にして服に
そで　き　　　　　たいへん　　かみ　せいしき　にほんがみ　　　　ふく

6 合わせます。
あ

「浴衣」是和服的一種，日本人 **1** 經常在夏季 **2** 穿著。女性正式的和服是
3 振袖（長袖且袖口較寬），不過，穿這種「振袖」的和服 **4** 特別 **5** 麻
煩，頭髮也得 **6** 配合服裝，梳成正式的日式髮型。

7また 8動きにくく 9トイレも 10大変です。そこで、

清涼で簡便な浴衣がよく着られています。浴衣は薄い

11一枚の服と 12帯だけで、着るのが簡単です。それに、

髪も 13普通のままで 14かまいません。

7而且 8活動不便，9上廁所也 10麻煩，所以日本人較常穿清涼、簡便的浴衣。浴衣只有薄薄的 11一件衣服和 12腰帶，穿法簡單。而且，髮型也可以維持 13平時的樣子，14不用特別在乎。

夏祭りや 15花火見物には、浴衣を着た若い女性がとても多いです。16洋服姿だけを 17見慣れていると、

18ちょっと浴衣を 19着れば 20また別人のように可愛く見える人もいます。

在夏日祭典或 15賞煙火大會中，會有很多身穿浴衣的年輕女性。有些女生只 17看慣了她穿 16西式服裝的模樣，18偶爾 19如果穿浴衣，會感覺 20宛如另一個人，看起來很可愛。

文章出現的		原形	意義	詞性
して	➡	する	做	サ行變格動詞
合わせます	➡	合わせる	搭配	下一段動詞
着られています	➡	着る	穿	上一段動詞
かまいません	➡	かまう	介意	五段動詞
見慣れている	➡	見慣れる	看得習慣	下一段動詞
着れば	➡	着る	穿	上一段動詞
います	➡	いる	有(人)	上一段動詞

實用句型

…に合わせます｜搭配、配合

原文——正式な日本髪にして服に合わせます。

（梳成正式的日本髮型來搭配服裝。）

活用——相手に合わせて相槌を打ちます。（配合對方做出回應。）

…にくく…｜既不好做…，又…

原文——動きにくくトイレも大変です。（活動不方便，上廁所也很麻煩。）

活用——和服は着にくく脱ぎにくいです。（和服不好穿，也不好脱。）

…とても｜很、非常

原文——浴衣を着た若い女性がとても多いです。

（很多穿浴衣的年輕女性。）

活用——とても有名な店は、実はあまり美味しくない事が多いです。

（很多非常有名的店，其實都不怎麼好吃。）

和服を着る職業
わ ふく き しょくぎょう

「落語」是一種「單口相聲」，
表演者都是穿著和服。

１落語家や２相撲取り、３芸者と言った日本古来から
らくごか　　　　すもうと　　げいしゃ　い　　にほんこらい

の職業では和服が４仕事着です。あるいは、５お茶や
しょくぎょう　わふく　しごとぎ　　　　　　　　ちゃ

６お花などの伝統芸能でも７かならず和服で８稽古をし
はな　　　でんとうげいのう　　　　　わふく　けいこ

ます。

１單口相聲演員、２相撲選手、３藝妓等日本傳統職業，都是以和服為
４工作服。或是，像５茶道、６花道等傳統藝能，也７一定是穿著和服
８進行練習。

57

また、和服そのものではありませんが、柔道・空手・

剣道などの日本の武術・武道・⑨スポーツでは⑩和服

を基調とした⑪練習着を着用します。

另外，像柔道、空手道、劍道之類的日本武術、武道、或⑨運動，雖然不是穿正統和服，但所穿的⑪練習服，也都是⑩以和服為雛形設計的。

和服は束縛が多いので⑫動きにくく、⑬着崩れしやすい

服装です。しかし⑭身に着けていると⑮所作が細やか

に、姿勢が美しくなると言う⑯利点もあるのです。

因為和服的束縛多，所以是一種⑫活動不便，一不小心就⑬容易穿走樣、變形的服裝。不過也有⑭一穿在身上因為⑮動作必須優雅，所以舉手投足充滿美感的⑯優點。

文章出現的		原形	意義	詞性
い 言った	➡	い 言う	稱作	五段動詞
ちゃくよう 着用します	➡	ちゃくよう 着用する	穿（衣服）	サ行變格動詞
うご 動きにくく	➡	うご 動く	活動	五段動詞
きくず 着崩れしやすい	➡	きくず 着崩れする	穿走樣	サ行變格動詞
つ 着けている	➡	つ 着ける	穿上…	下一段動詞
うつく 美しく	➡	うつく 美しい	優美	い形容詞

實用句型

… あるいは｜或者是…

原文——あるいは、お茶やお花などの伝統芸能でもかならず和服で稽古を
　　　します。（或是茶道、花道等傳統藝能，也必定是穿和服練習。）

活用——あるいは、徒歩で行くのも興があっていいかもしれません。
　　　（或者，走路去可能也別有一番趣味。）

… にくい｜不容易做…

原文——和服は束縛が多いので動きにくいです。
　　　（和服因為束縛多，活動不便。）

活用——小骨が多い魚は食べにくいです。（小刺多的魚，不容易吃。）

… やすい｜容易…

原文——着崩れしやすい服装です。（是容易穿走樣的服裝。）

活用——日本の中華料理は箸で食べやすいように、骨は取り除いてあり
　　　ます。
　　　（日本的中華料理為了方便使用筷子吃，會事先去除骨頭。）

3 休閒

很多人認為日本人是工作狂，其實除了工作，日本人也有豐富的休閒活動。

包括電影、戲劇、演唱會等國際性的表演節目，以及看煙火、賞櫻、神社祭典等日本國內例行性的節慶活動等，日本人透過這些活動在繁忙中稍作喘息，或者陪伴家人，或者和男女朋友約會。

而每年四月，是日本人最期待的賞櫻時節。日本人最愛櫻花的豔麗與短暫，「狂放般盛開，夢幻般凋謝」正是櫻花時節的最佳寫照。

櫻花的花期大約只有一週，在欣賞櫻花之美的同時，日本人心中也充滿櫻花即將凋謝的不捨。在如夢般的櫻花花海中迎接新年度到來，花謝後，再宛如從夢中醒來，重回現實生活，這正是日本人在熱鬧的賞櫻活動中，所隱藏的微妙情緒。

花見
はな　み

一到春天，日本民眾都滿心期待今年
又能欣賞到美麗的櫻花。

花見と言うのは**1**花を見ながら散歩する事ではなく、

桜を見ながら**2**宴会することを指します。桜を見ながら

3食べたり飲んだり、歌を歌ったり**4**踊ったりします。

日本人的「賞櫻」，不是一邊散步**1**一邊賞花，而是指一邊賞櫻花，三五
好友一邊**2**聚會的活動。賞櫻的同時，**3**吃吃喝喝、唱唱歌**4**跳跳舞。

桜は日本の国花です。美しい⑤花びらが⑥吹雪のように⑦狂い咲き、⑧夢のように散っていきます。花は、⑨わずか一週間の命です。

櫻花是日本的國花。美艷的⑤花瓣會⑥宛如吹雪般⑦萬花齊放，又會⑧宛如夢境般紛飛散落。櫻花花期極短，⑨僅有一個禮拜。

毎年桜の咲く春になると、⑩天気予報では南から北に移動していく「桜前線」を必ず⑪報道します。雨や強風で桜が散ってしまわないように、⑫みんなが⑬心配するからです。

每年一到櫻花盛開的春季，⑩氣象預報一定會⑪報導「櫻花前線」由南往北移動的動態。因為那個時候⑫大家最⑬擔心的，就是不希望下雨或強風把櫻花全吹落了。

文章出現的		原形	意義	詞性
見^みながら	➡	見^みる	觀賞	上一段動詞
指^さします	➡	指^さす	意指…	五段動詞
飲^のんだり	➡	飲^のむ	喝	五段動詞
踊^{おど}ったり	➡	踊^{おど}る	跳舞	五段動詞
散^ちって	➡	散^ちる	花凋落	五段動詞
移動^{いどう}して	➡	移動^{いどう}する	移動	サ行變格動詞
散^ちってしまわない	➡	散^ちってしまう	全部凋謝了	五段動詞

實用句型

…を指^さします｜意指…

原文——桜^{さくら}を見^みながら宴会^{えんかい}することを指^さします。

（就是指一邊賞櫻，一邊和三五好友聚會。）

活用——丼^{どん}とは普通^{ふつう}のお椀^{わん}より大^{おお}きめの物^{もの}を指^さします。

（「丼」是指比普通的碗更大的碗。）

…ながら｜一邊…一邊…

原文——桜^{さくら}を見^みながら食^たべたり飲^のんだり…（一邊賞櫻一邊吃吃喝喝…）

活用——携帯^{けいたい}で通話^{つうわ}しながら運転^{うんてん}すると危^{あぶ}ないです。

（一邊講手機一邊開車，很危險。）

…たり…たり｜做…也做…

原文——歌^{うた}を歌^{うた}ったり踊^{おど}ったりします。（唱唱歌，也跳跳舞之類的。）

活用——休^{やす}みの日^ひは散歩^{さんぽ}したり運動^{うんどう}したりします。

（假日時會散步、做些運動之類的事。）

お花見

<ruby>花<rt>はな</rt></ruby><ruby>見<rt>み</rt></ruby>

日本人在櫻花盛開時，一邊賞花一邊喝酒，
彷彿置身夢境般快活。一旦櫻花花期結束，
一切宛如花謝夢醒。

日本で①行なわれる行事の「②花見」とは、郊外で散

歩しながら③色々な花を見ることだと④思われがちです

が、実際には桜を見ながら⑤食べたり飲んだりするこ

とを指します。

日本每年依慣例所①進行的「②賞花」活動，④經常被認為是到郊外一
邊散步一邊欣賞③各種花，但事實上是指一邊欣賞櫻花，一邊⑤吃吃喝喝
的活動。

6 いわば、宴会の変化形態のひとつなのです。労働階級ではない 7 頭脳労働者が、 8 いい格好をした大人が、 9 背広を着たまま 10 莫蓙を敷いて 11 座り込み、 12 昼間から公共の場所で公然とお酒を飲むわけです。

6 也可以說，「賞花」是另一種型態的宴會。因為不論是從事非勞動工作的 7 白領階級，或是 8 穿著體面的成年人，都會穿著 9 西裝，10 鋪好席子之後直接 11 坐在上面，12 大白天就開始在公共場合公開飲酒作樂。

13 よく考えれば、単独でやったら 14 かなり爆笑な場面です。こんな習慣があるのは、世界でも 15 珍しいと思われます。しかし、桜でなければ 16 酒の肴 17 とはならないのです。

13 仔細想想，如果是單獨一個人做這樣的舉動，畫面一定 14 相當爆笑。日本人的這種習慣，在全世界也被視為 15 稀奇罕見，不過，如果少了櫻花，這些 16 飲酒作樂的佳餚就 17 失去意義。

文章出現的		原形	意義	詞性
行_{おこ}なわれる	➡	行_{おこ}なう	舉行	五段動詞
散歩_{さんぽ}しながら	➡	散歩_{さんぽ}する	散步	サ行變格動詞
思_{おも}われがち	➡	思_{おも}う	認為	五段動詞
見_みながら	➡	見_みる	觀賞	上一段動詞
飲_のんだり	➡	飲_のむ	喝	五段動詞
指_さします	➡	指_さす	意指…	五段動詞

實用句型

…がち｜常常…

原文——郊外_{こうがい}で散歩_{さんぽ}しながら色々_{いろいろ}な花_{はな}を見_みることだと思_{おも}われがちです。

（經常被認為是到戶外一邊散步一邊欣賞各種花。）

活用——彼女_{かのじょ}は病気_{びょうき}がちで、今_{いま}のように健康_{けんこう}ではありませんでした。

（她以前常生病，並不像現在這麼健康。）

…と思_{おも}われます｜被視為…

原文——世界_{せかい}でも珍_{めずら}しいと思_{おも}われます。（在全世界也被視為稀少罕見。）

活用——今後_{こんご}株価_{かぶか}はさらに上昇_{じょうしょう}すると思_{おも}われます。

（股價被認為接下來會大幅上揚。）

…でなければ…とはならない｜若無…就不成立…

原文——桜_{さくら}でなければ酒_{さけ}の肴_{さかな}とはならないのです。

（如果沒有櫻花，美酒佳餚也沒有意義。）

活用——利害関係_{りがいかんけい}のない人_{ひと}でなければ、親友_{しんゆう}とはならないのです。

（如果不是沒有利害關係的人，就當不成真正的朋友。）

紅葉狩り
もみじが

日本人的賞楓習慣開始於「平安時期」，
相對於春天賞櫻的絢爛繽紛，
秋天的楓紅則顯得深沈內斂。

1紅葉狩りは秋の**2**行事です。春に**3**にぎやかな宴会
もみじが　　あき　　ぎょうじ　　　　　　はる　　　　　　　　　　　　　　えんかい

をするお花見と違い、秋の紅葉狩りは戸外を**4**ゆっくり
はなみ　　ちが　　あき　もみじが　　こがい

と散歩します。「狩る」と言うのは**5**紅葉を拾う事を指
さんぽ　　　　　　か　　　い　　　　　　もみじ　ひろ　こと　さ

します。

1賞楓是日本人秋天的**2**例行活動，有別於春天**3**熱鬧、聚會式的賞
櫻，秋天賞楓時，多半選擇在戶外**4**悠閒的散步。「狩る」所指的就是
5撿拾楓葉。

<ruby>6</ruby>花びらとちがい、紅葉は<ruby>7</ruby>ずっと保存する事ができるからです。日本では秋になると、湿度が高く<ruby>8</ruby>暑かった夏が、急に<ruby>9</ruby>涼しく澄んだ空気に<ruby>10</ruby>変わります。

和<ruby>6</ruby>**櫻花花瓣**不同的是，楓葉是可以<ruby>7</ruby>**永久保存珍藏**的。日本時序一進入秋天，就會從潮濕<ruby>8</ruby>**炎熱**的夏季，急速<ruby>10</ruby>**轉變**為<ruby>9</ruby>**涼爽**宜人的舒適空氣。

これを日本では「<ruby>11</ruby>天高く馬肥ゆる秋」と言います。この時期は<ruby>12</ruby>暑くも寒くもなく、山々の枯葉は赤や黄色や<ruby>13</ruby>茶色に変わります。この美しい季節には、戸外を散歩するのが最適です。

日本人將這樣的感受形容為「<ruby>11</ruby>**秋高氣爽馬兒肥**」。這個時候的氣候<ruby>12</ruby>**不冷也不熱**，滿山的樹葉枯萎，逐漸變紅、變黃、或變成<ruby>13</ruby>**咖啡色**。在這美麗的季節裡，最適合到戶外悠閒散步了。

文章出現的		原形	意義	詞性
散歩<ruby>さんぽ</ruby>します	➡	散歩<ruby>さんぽ</ruby>する	散歩	サ行變格動詞
ちがい	➡	ちがう	不同	五段動詞
高<ruby>たか</ruby>く	➡	高<ruby>たか</ruby>い	高	い形容詞
暑<ruby>あつ</ruby>かった	➡	暑<ruby>あつ</ruby>い	熱	い形容詞
涼<ruby>すず</ruby>しく	➡	涼<ruby>すず</ruby>しい	涼爽	い形容詞
澄<ruby>す</ruby>んだ	➡	澄<ruby>す</ruby>む	澄靜	五段動詞
変<ruby>か</ruby>わります	➡	変<ruby>か</ruby>わる	改變	五段動詞

實用句型

… ゆっくり｜悠閒

原文——秋<ruby>あき</ruby>の紅葉狩<ruby>もみじが</ruby>りは戸外<ruby>こがい</ruby>をゆっくりと散歩<ruby>さんぽ</ruby>します。

（秋天賞楓是到戶外悠閒的散步。）

活用——休日<ruby>きゅうじつ</ruby>の時間<ruby>じかん</ruby>はゆっくり流<ruby>なが</ruby>れます。（假日的時光緩緩流逝。）

… とちがい｜跟…不同

原文——花<ruby>はな</ruby>びらとちがい、紅葉<ruby>もみじ</ruby>はずっと保存<ruby>ほぞん</ruby>する事<ruby>こと</ruby>ができるからです。

（和櫻花花瓣不同的是，楓葉是可以永久保存珍藏的。）

活用——テレビとちがい、ラジオは仕事<ruby>しごと</ruby>をしながら使<ruby>つか</ruby>えます。

（收音機跟電視機不同，能夠一邊工作一邊聽。）

… 変<ruby>か</ruby>わります｜轉變、變換

原文——急<ruby>きゅう</ruby>に涼<ruby>すず</ruby>しく澄<ruby>す</ruby>んだ空気<ruby>くうき</ruby>に変<ruby>か</ruby>わります。

（急遽轉變為涼爽宜人的空氣。）

活用——四月<ruby>しがつ</ruby>から衣替<ruby>ころもが</ruby>えで制服<ruby>せいふく</ruby>が変<ruby>か</ruby>わります。（四月開始制服換季。）

温泉
おん せん

日本人多半將泡溫泉當成休閒活動，
並不太重視溫泉的健康療效。

日本は火山脈が❶大変多いので地震が多い国です。

しかし❷反面、温泉が多く❸湧き出ています。

日本因為境內火山❶非常多，是個地震頻繁的國家；但❷另一方面，也
❸湧現出豐富的天然溫泉。

日本では治療のためよりも4娯楽活動の5ひとつとして温泉に行く人が多いです。

大部分的日本人，把泡溫泉當成5一種4休閒活動，並不太重視溫泉的健康療效。

だから6ただのお風呂屋さん7よりは遥かに設備が清潔で、完備しています。8どこも客の需要を9知り、10駅弁と同じく11自分なりの特徴を売りにしています。温泉の地熱で12煮込んだ「温泉卵」なども売っています。

因此，和6免費的公共浴池7比起來，溫泉區的設備完善、舒適，也乾淨許多。8每一個溫泉區都用盡心思9瞭解客人的需要，和10車站便當一樣，以11自己獨一無二的特色為賣點，甚至也販賣用溫泉地熱所12烹煮的「溫泉蛋」。

文章出現的		原形	意義	詞性
湧<ruby>わ</ruby>き出<ruby>で</ruby>ています	➡	湧<ruby>わ</ruby>き出<ruby>で</ruby>る	湧出	下一段動詞
完備<ruby>かんび</ruby>しています	➡	完備<ruby>かんび</ruby>する	齊全、完善	サ行變格動詞
知<ruby>し</ruby>り	➡	知<ruby>し</ruby>る	瞭解	五段動詞
しています	➡	する	做…	サ行變格動詞
煮込<ruby>にこ</ruby>んだ	➡	煮込<ruby>にこ</ruby>む	烹煮	五段動詞
売<ruby>う</ruby>っています	➡	売<ruby>う</ruby>る	販賣	五段動詞

實用句型

… 大変<ruby>たいへん</ruby>｜非常…

原文——日本<ruby>にほん</ruby>は火山脈<ruby>かざんみゃく</ruby>が大変<ruby>たいへん</ruby>多<ruby>おお</ruby>いので地震<ruby>じしん</ruby>が多<ruby>おお</ruby>い国<ruby>くに</ruby>です。

（日本因為境內火山非常多，是個地震頻繁的國家。）

活用——東京大学<ruby>とうきょうだいがく</ruby>は大変<ruby>たいへん</ruby>難<ruby>むずか</ruby>しいです。（東京大學非常難考。）

… として｜當作…

原文——娯楽活動<ruby>ごらくかつどう</ruby>のひとつとして温泉<ruby>おんせん</ruby>に行<ruby>い</ruby>く人<ruby>ひと</ruby>が多<ruby>おお</ruby>いです。

（很多人把泡溫泉當作一種休閒活動。）

活用——携帯<ruby>けいたい</ruby>は通信手段<ruby>つうしんしゅだん</ruby>として最<ruby>もっと</ruby>も多用<ruby>たよう</ruby>されます。

（行動電話是最普通使用的通訊工具。）

… 自分<ruby>じぶん</ruby>なり｜（屬於）自己的…

原文——駅弁<ruby>えきべん</ruby>と同<ruby>おな</ruby>じく自分<ruby>じぶん</ruby>なりの特徴<ruby>とくちょう</ruby>を売<ruby>う</ruby>りにしています。

（和車站便當一樣販賣自己的特色。）

活用——有名曲<ruby>ゆうめいきょく</ruby>を自分<ruby>じぶん</ruby>なりにアレンジしてみました。

（我試著將名曲改編成自己的風格。）

花火
<ruby>花<rt>はな</rt></ruby><ruby>火<rt>び</rt></ruby>

煙火大會、試膽大會、盂蘭盆節…等，
都是典型的日本夏季活動。

花火は、**1** 花火師を呼んで正式にやる **2** 花火大会から、

個人でやる小さい花火まで **3** 色々あります。諸外国では

新年にやることが多いですが、日本では **4** 祭りと共に

5 夏の風物詩です。

煙火有 **3** 各種形式，從 **1** 煙火專家精心規劃的 **2** 煙火盛會，或小至個人
施放的小煙火，都算煙火的一種。世界各國多半在新年時施放煙火，在日
本，煙火和 **4** 祭典一樣，都是 **5** 夏季的景物。

花火大会⑥当日の⑦夕方ごろから⑧浴衣を着て、⑨団扇
を手に、⑩見物する男女が多く、⑪ドラマや⑫アニメな
どにも、よくその様子が出てきます。

煙火大會⑥當天⑦傍晚左右，男男女女就會穿著⑧日式浴衣，手拿⑨
傳統搖扇，結伴前去⑩觀賞。這樣的場景，在⑪日劇和⑫動畫中也常出
現。

⑬打ち上がる花火は、⑭暑い夏を⑮涼しくしてくれま
す。しかし、花火大会では⑯どこへ行っても人が多すぎ
て、⑰せっかく行っても⑱いい場所が取れない、などの
問題は花見と一緒です。

⑬施放空中的煙火，替⑭炎熱的夏天⑮帶來些許涼意。不過，煙火大會
⑯不論到哪裡都是人擠人，即使⑰專程前往，也可能⑱佔不到好位子，
這樣的問題和賞櫻如出一轍。

文章出現的		原形	意義	詞性
呼^よんで	➡	呼^よぶ	稱作	五段動詞
あります	➡	ある	有(事物)	五段動詞
着^きて	➡	着^きる	穿	上一段動詞
涼^{すず}しく	➡	涼^{すず}しい	涼爽	い形容詞
行^いっても	➡	行^いく	前去	五段動詞
多^{おお}すぎて	➡	多^{おお}い	多	い形容詞
取^とれない	➡	取^とる	取得	五段動詞

實用句型

… まで｜到…、至…

原文——個人^{こじん}でやる小^{ちい}さい花火^{はなび}まで色々^{いろいろ}あります。

（小至個人施放的小煙火，種類很多。）

活用——最後^{さいご}までキチンと点検^{てんけん}してください。（請從頭到尾徹底做好檢查。）

… が多^{おお}い｜大多、多半

原文——諸外国^{しょがいこく}では新年^{しんねん}にやることが多^{おお}いです。

（世界各國大多在新年時施放。）

活用——台湾^{たいわん}は日本^{にほん}の漫画^{まんが}が多^{おお}いです。（台灣大多看日本漫畫。）

… すぎて｜太過於…

原文——花火大会^{はなびたいかい}ではどこへ行^いっても人^{ひと}が多^{おお}すぎて、せっかく行^いってもいい場所^{ばしょ}が取^とれない…

（煙火大會到處人潮擁擠，專程前往也可能佔不到好位子…）

活用——彼女^{かのじょ}は美人^{びじん}すぎて親^{した}しみにくいです。（她太漂亮了，很難親近。）

能出席「紅白歌唱大賽」，
是日本許多歌手的夢想。

こうはくうたがっせん　　おおみそか　　かお
紅白歌合戦は、**1**大晦日の**2**顔となっています。**3**その

とし　かつやく　　かしゅ　こうはく　おんな　おとこ　　わ　　　　　じゅん
年に活躍した歌手が紅白（女・男）に**4**分かれて、**5**順

ばん　うた　きそ　あ
番に歌を**6**競い合います。

紅白歌唱大賽宛如是日本**1**跨年夜的**2**代名詞，**3**當年表現活躍的暢銷
歌手會**4**分成紅白兩組（女歌手紅組，男歌手白組），**5**輪流上場**6**互
相競技歌唱。

「紅白に**7** 出場できる」と言うのは、日本の歌手**8** に

とっては**9**大変な栄光です。当日、**10**生中継で全国に

11放送されます。**12**若い歌手から**13**歌い始めて、**14**後ろ

へ行くほど芸歴の長い歌手になります。

「**7**能出席紅白歌唱大賽」**8**對於日本歌手來說，是**9**了不起的光榮。
當天會有全國性的**10**現場實況**11**轉播，從**12**年輕歌手**13**開始演唱，**14**越
往後，歌手的資歷越深。

最後に歌う歌手は「トリ」と言われます。赤組（女性）

と白組（男性）それぞれにトリが**15**いますが、**16**その

後、一番最後に「大トリ」が出ます。

最後壓軸出場演唱的歌手叫做「トリ」（to.ri），紅組（女歌手）和白組
（男歌手）各**15**有一位「トリ」，**16**在這之後是最後的大壓軸「大トリ」
（o.o.to.ri）出場。

文章出現的		原形	意義	詞性
なっています	➡	なる	成為	五段動詞
分かれて	➡	分かれる	分成	下一段動詞
競い合います	➡	競い合う	互相競爭	五段動詞
放送されます	➡	放送する	播出	サ行變格動詞
歌い始めて	➡	歌い始める	開始唱	下一段動詞
言われます	➡	言う	叫做	五段動詞
出ます	➡	出る	出場	下一段動詞

實用句型

… に分かれて｜分成

原文——紅白に分かれて、順番に歌を競い合います。
（分成紅白兩組，輪流比賽歌唱。）

活用—— 男と女に分かれて、心理実験をします。
（分為男生和女生，進行心理測驗。）

… 始めて｜開始…

原文——若い歌手から歌い始めて、後ろへ行くほど芸歴の長い歌手になります。（從年輕歌手開始演唱，越往後，歌手的資歷越深。）

活用——簡単な問題から始めて段々難しくなります。
（從簡單的問題做起，越來越難。）

… と言われます｜稱為

原文——最後に歌う歌手は「トリ」と言われます。（壓軸演唱的歌手稱為「トリ」。）

活用——富士山は日本の象徴と言われます。（富士山可以說是日本的象徵。）

日本のドラマ昔の作品

すみません、ボス

甘ったれんじゃねえぞ

從前的日劇集數多，很多集都重複類似的內容，
就連台詞也是老套。像「別來煩我！」（右）
「對不起，老大…」（左）就是當時刑警片的固定台詞，
很多國小學生都跟著學。

1 日本のドラマは、今では多くのものが外国に **2** 輸入

されて多くの人に **3** 見られています。しかし、時代の変

遷 **4** と共に、ドラマも **5** 今と昔 では **6** だいぶちがいま

す。一番変わったのは **7** 回数です。

目前，有很多 **1** 日本電視劇都 **2** 被引進到國外播出，有很多人 **3** 收看。
其實，**4** 隨著時代變遷，電視劇的 **5** 現在和過去也有 **6** 很大的不同，改
變最多的是「**7** 集數」。

以前_{いぜん}のドラマは⑧大体_{だいたい}２６回以上_{にじゅうろっかいいじょう}が普通_{ふつう}で、４０回以上_{よんじゅっかいいじょう}を⑨越_こえるのも⑩たくさんありました。これは、以前_{いぜん}は⑪ビデオなどが⑫普及_{ふきゅう}しておらず、DVDも⑬なかったのでドラマ全話_{ぜんわ}を⑭もれなく見_みる人_{ひと}が少_{すく}なかったからです。

以前的電視劇⑧大多演出26集以上，甚至有⑩很多⑨超過40集。這是因為以前⑪錄影帶⑫不普及，也⑬沒有DVD，很少有人能夠⑭沒有遺漏的從頭到尾看完每一集連續劇。

好_すきな⑮番組_{ばんぐみ}でも、⑯あるときは仕事_{しごと}で、またあるときは別_{べつ}の用事_{ようじ}で…と見_みられない⑰回_{かい}が必_{かなら}ず出_でます。ビデオやDVDボックスのなかった時代_{じだい}には、⑱見逃_{みのが}した回_{かい}はもう⑲二度_{にど}と見_みられることはありません。だから、⑳話_{はなし}の進行_{しんこう}が遅_{おそ}く、類似_{るいじ}した内容_{ないよう}の回_{かい}がたくさんあったからです。

就算是喜歡的⑮電視節目，⑯有時候可能因為工作、或者偶發的事情…，一定會有⑰集數沒看到。在沒有錄影帶和DVD的時代，⑱沒看到的那幾集就⑲再也看不到了。因為這個原因，所以以前的電視劇刻意讓⑳劇情進展緩慢，甚至讓類似的內容出現好幾集。

文章出現的		原形	意義	詞性
輸入^{ゆにゅう}されて	➡	輸入^{ゆにゅう}する	傳入、引入	サ行變格動詞
見^みられています	➡	見^みる	看	上一段動詞
変^かわった	➡	変^かわる	改變	五段動詞
少^{すく}なかった	➡	少^{すく}ない	少的	い形容詞
出^でます	➡	出^でる	出現	下一段動詞
あった	➡	ある	有(事物)	五段動詞

實用句型

… に見^みられています｜觀看、注視

原文——外国^{がいこく}に輸入^{ゆにゅう}されて多^{おお}くの人^{ひと}に見^みられています。

（被引進到國外，很多人都看過。）

活用——有名人^{ゆうめいじん}はプライベートでも多^{おお}くの人^{ひと}に見^みられています。

（名人即使私生活，也很多人注意。）

… だいぶ｜很、頗

原文——ドラマも今^{いま}と昔^{むかし}ではだいぶちがいます。

（現在的電視劇和從前有很大的不同。）

活用——彼女^{かのじょ}は料理^{りょうり}の腕^{うで}がだいぶ上達^{じょうたつ}しました。（她的廚藝大有進步。）

… 大体^{だいたい}｜大約

原文——以前^{いぜん}のドラマは大体^{だいたいにじゅうろっかいいじょう}26回以上が普通^{ふつう}で…

（以前的電視劇大多演出26集以上…）

活用——大体百年^{だいたいひゃくねん}に一回^{いっかい}くらい大^{おお}きな地震^{じしん}が起^おこるといわれています。

（據說大約每隔一百年，就會發生一次大地震。）

日本のドラマ最近の作品

MP3-24

プロポーズ大作戦

近期的電視劇情節進展極快，
每部大約10集就結束。
況且在目前的社會，老套早就不適用，
更不可能歹戲拖棚。

1 昔に比べると、最近では2 メディアの普及で、同じ

ドラマを3 何度も4 繰り返して5 見られる事が多くなり

ました。

1與早期相較之下，最近因為2媒體的普及，5能看到同一齣連續劇
4重播3好幾次的機會越來越多了。

それに、⑥好きな作品ならDVDボックスを⑦買って何

度も繰り返して見られる事になります。なので、類似し

た内容の回は⑧なくなり、各回の主題を⑨ハッキリさ

せ、全編の⑩起承転結が非常に緊密になります。

而且，如果是⑥喜歡的作品，還可以⑦購買DVD不斷重複看好幾次。因此，現在的日劇⑧不再有內容類似的集數，每一集的主題都⑨清楚呈現，全劇的⑩起承轉合非常緊湊。

⑪一回ごとの内容が⑫濃くなり、起伏が激しく、⑬パッ

と盛り上がって⑭サッと終わり、視聴者により強い印

象を残します。

⑪每一集的內容也⑫變得十分精彩，劇情高潮迭起，⑬一下子進入最高潮，⑭一下子進入尾聲，讓觀眾留下深刻的印象。

重要單字

文章出現的		原形	意義	詞性
く かえ 繰り返して	➡	く かえ 繰り返す	重複	五段動詞
み 見られる	➡	み 見る	觀看	上一段動詞
るい じ 類似した	➡	るい じ 類似する	類似	サ行變格動詞
ハッキリさせ	➡	ハッキリする	分明	サ行變格動詞
こ 濃く	➡	こ 濃い	程度強烈	い形容詞
も あ 盛り上がって	➡	も あ 盛り上がる	情緒高漲	五段動詞

實用句型

… に比べると｜和…比起來

原文—— 昔に比べると、最近ではメディアの普及で…

（與以前相比，近來媒體普及…）

活用——大陸に比べると、島国の人はせっかちな性格の人が多いです。

（跟大陸型國家的人比起來，島國的人比較性急。）

… 何度も｜多次

原文——DVDボックスを買って何度も繰り返して見られる事になります。

（買DVD，就可以重複看很多次。）

活用——何度も繰り返さないと、意味を理解しただけでは言語は覚えられません。（語言要反覆學習，光靠理解是記不起來的。）

… ごと｜每…

原文——一回ごとの内容が濃くなり、起伏が激しく…

（每集的內容變得十分精彩，高潮迭起…）

活用——一回ごとに強くイメージしないと、練習の効果は上がりません。

（每次都要配合想像力，不然練習收不到成效。）

じゃんけんの変化用法
へんかようほう

規定不能出「剪刀」，只能出「布」和「石頭」。
這是多數人一決勝負時，日本人常用的猜拳法。

今の**1**じゃんけんの起源が日本**2**かどうかは不明です

が、日本には諸外国にない**3**特殊な使い方がたくさんあ

ります。一つが大人数で勝負を決めるときです。

目前所用的**1**猜拳，起源**2**是否為日本實在不得而知，但在日本，有很多世界各國所沒有的**3**特殊玩法。其中一種，是用在多數人要一決勝負的情況。

④まず⑤チョキを廃し、⑥グーと⑦パーだけで決めます。全員で同時に出して、⑧多いほう、あるいは⑨少ないほうを⑩勝ちとします。淘汰したい人数が⑪多いか少ないかでどちらにするかを決めます。

④首先，規定⑤不能出「剪刀」，只能出⑥「石頭」和⑦「布」，全部的人同時出拳後，再裁定是⑧多數方還是⑨少數方⑩勝出。裁定的標準取決於想要淘汰的人數⑪是「多」或「少」，再做出決定。

「グーとパーの多いの（少ないの）」と⑫掛け声をかけます。これは⑬即決できる優れた方法ですが、外国には⑭伝わっていないようです。

猜拳時，會⑫大喊「石頭和布，多的人贏」（或是「石頭和布，少的人贏」）這是⑬立即做出裁定的好方法，不過，這方法似乎⑭沒有流傳到外國。

重要單字

文章出現的		原形	意義	詞性
廃_{はい}し ➡		廃_{はい}する	廢除	サ行變格動詞
決_きめます ➡		決_きめる	決定	下一段動詞
出_だして ➡		出_だす	出(拳)	五段動詞
淘汰_{とうた}したい ➡		淘汰_{とうた}する	淘汰	サ行變格動詞
かけます ➡		かける	喊(口令)	下一段動詞
優_{すぐ}れた ➡		優_{すぐ}れる	優秀	下一段動詞
伝_{った}わっていない ➡		伝_{った}わる	流傳	五段動詞

實用句型

… かどうか｜是否

原文——今_{いま}のじゃんけんの起源_{きげん}が日本_{にほん}かどうかは不明_{ふめい}です。

（目前的猜拳起源是否為日本不得而知。）

活用——タクシーが通_{とお}るかどうかはまったくわかりません。

（完全不知道計程車是否會經過。）

… まず｜首先

原文——まずチョキを廃_{はい}し、グーとパーだけで決_きめます。

（首先規定不能出剪刀，只能出石頭和布。）

活用——多_{おお}くの人_{ひと}は、まずビールを注文_{ちゅうもん}します。（很多人會先叫啤酒喝。）

… を決_きめます｜決定

原文——淘汰_{とうた}したい人数_{にんずう}が多_{おお}いか少_{すく}ないかでどちらにするかを決_きめます。

（以要淘汰的人數是多或少來決定是哪一方贏。）

活用——多数決_{たすうけつ}で結論_{けつろん}を決_きめます。（以多數決的方式來決定。）

4 人物

不同的環境，孕育出不同的人物。有些人物是真實的存在，有些則是宛如妖魔鬼怪般的特殊存在。

例如日本知名神話故事主角「桃太郎」，或是已成涉谷車站著名地標的「忠犬八公」、日本文學史上的大文豪「夏目漱石」，甚至是日本近期的新興族群「御宅族」等，都可說是日本具代表性的「人物」。

時代更替中，具象徵性的人物不斷汰舊換新。或許，目前日本現今環境中瘋狂沉迷於動漫的「御宅族」，或是一般平凡的高中女生，今後也有人留下豐功偉業也說不定。

「皇居」是日本天皇的住所。
右上方是代表皇室的菊花徽章，等同日本的國徽，
日本護照上也有這個圖案。

日本の天皇は開国以来、二千年もの**1**長きに**2**亘って存

在してきました。中国と**3**ちがって、**4**国が滅ぼされ

て新しい皇帝が即位すると言う事が偶然**5**起こらなか

ったためです。

日本天皇自建國以來，已**2**持續存在**1**長達兩千年。因為日本和中國
3不同，**5**不曾發生因為**4**國家滅亡，而有新皇帝即位的事情。

現在では天皇には政治権力が**6**なく、皇族は税金で**7**養われています。**8**もし皇族と結婚すれば、女性なら**9**皇族に入る事ができます。

目前，日本天皇**6**沒有政治上的實權，皇室成員完全由日本人民納稅**7**供養。**8**如果平民女子和皇室成員結婚的話，即**9**進入皇室，成為皇室的一員，具有皇室身分。

しかし**10**反対に皇族の女性が民間の男性と結婚した**11**場合、皇族の地位は**12**なくなります。日本は世界で唯一、**13**いまだに天皇の年号を使用しています。現代は「平成」で、その前は「昭和」でした。

不過，如果**11**情況**10**相反，是皇室的女性成員和平民男子結婚，則會**12**喪失皇室身分，成為平民。日本是世界上唯一**13**現今仍然使用天皇年號的國家，現在的年號是「平成」，在這之前是「昭和」。

重要單字

文章出現的		原形	意義	詞性
<ruby>亘<rt>わた</rt></ruby>って	➡	<ruby>亘<rt>わた</rt></ruby>る	持續	五段動詞
<ruby>滅<rt>ほろ</rt></ruby>ぼされて	➡	<ruby>滅<rt>ほろ</rt></ruby>ぼす	使…滅亡	五段動詞
<ruby>起<rt>お</rt></ruby>こらなかった	➡	<ruby>起<rt>お</rt></ruby>こる	發生	五段動詞
なく	➡	ない	沒有	い形容詞
<ruby>養<rt>やしな</rt></ruby>われています	➡	<ruby>養<rt>やしな</rt></ruby>う	供養	五段動詞
<ruby>結婚<rt>けっこん</rt></ruby>すれば	➡	<ruby>結婚<rt>けっこん</rt></ruby>する	結婚	サ行變格動詞
<ruby>使用<rt>しよう</rt></ruby>しています	➡	<ruby>使用<rt>しよう</rt></ruby>する	使用	サ行變格動詞

實用句型

…すれば（…する的假定形）｜只要…、…的話

原文──<ruby>皇族<rt>こうぞく</rt></ruby>と<ruby>結婚<rt>けっこん</rt></ruby>すれば、<ruby>女性<rt>じょせい</rt></ruby>なら<ruby>皇族<rt>こうぞく</rt></ruby>に<ruby>入<rt>はい</rt></ruby>る<ruby>事<rt>こと</rt></ruby>ができます。

（只要和皇室結婚，女性的話就能成為皇室的一員。）

活用──<ruby>練習<rt>れんしゅう</rt></ruby>すれば、<ruby>誰<rt>だれ</rt></ruby>でも<ruby>自転車<rt>じてんしゃ</rt></ruby>に<ruby>乗<rt>の</rt></ruby>れます。

（只要練習，誰都會騎自行車。）

…なくなります｜喪失、用盡

原文──<ruby>皇族<rt>こうぞく</rt></ruby>の<ruby>地位<rt>ちい</rt></ruby>はなくなります。（喪失皇室的地位。）

活用──<ruby>石油<rt>せきゆ</rt></ruby>はいずれなくなります。（石油總有一天會用盡。）

…いまだに｜現在仍然…

原文──<ruby>日本<rt>にほん</rt></ruby>は<ruby>世界<rt>せかい</rt></ruby>で<ruby>唯一<rt>ゆいいつ</rt></ruby>、いまだに<ruby>天皇<rt>てんのう</rt></ruby>の<ruby>年号<rt>ねんごう</rt></ruby>を<ruby>使用<rt>しよう</rt></ruby>しています。

（日本是世界上唯一目前仍使用天皇年號的國家。）

活用──<ruby>世界<rt>せかい</rt></ruby>の<ruby>物資<rt>ぶっし</rt></ruby>エネルギーはいまだに<ruby>石油<rt>せきゆ</rt></ruby>を<ruby>主<rt>おも</rt></ruby>に<ruby>使用<rt>しよう</rt></ruby>しています。

（全球的物資能源目前仍是以石油為主。）

桃太郎
もも　た　ろう

MP3-27

桃太郎的故事起源於早期的農村時代，
經由祖父母向兒孫口耳相傳，一代傳過一代，
如今已變成家喻戶曉的故事。

桃太郎は日本で❶一番有名な❷民話のひとつで、外国の

人でも❸知っているほどです。しかし、現在の桃太郎は

戦後に❹作られた物で原版ではありません。

桃太郎是日本❶最有名的❷民間故事之一，很多外國人也❸耳熟能詳。
不過，現在的桃太郎故事並不是原來的版本，是戰後❹改編的。

元々の桃太郎は、桃から⑤生まれたのではなく川で桃を⑥拾って食べた⑦おじいさんと⑧おばあさんから生まれたのです。

原版故事裡的桃太郎，並不是從桃子裡⑤生出來的，而是⑦老爺爺和⑧老奶奶吃了從河裡⑥撿來的桃子，才生下桃太郎。

また桃太郎は、⑨きびだんごわずか一つで雉や猿や犬を⑩家来にしているので「賄賂による⑪買収行為」「⑫やり方が汚い」などという、⑬マイナスイメージも強いです。同じように有名な「金太郎」より人気が⑭落ちるようです。

另外，故事中桃太郎只用一個⑨糯米糰子，就讓雉雞、猴子和狗成為自己的⑩隨從，這樣的行為充滿「賄賂⑪收買」、「⑫手段骯髒」的⑬負面印象，所以和另一個有名的「金太郎」故事比起來，桃太郎的人氣似乎比較⑭下滑。

文章出現的		原形	意義	詞性
知_しっている	➡	知_しる	知道	五段動詞
作_{つく}られた	➡	作_{つく}る	創作	五段動詞
生_うまれた	➡	生_うまれる	出生	下一段動詞
拾_{ひろ}って	➡	拾_{ひろ}う	撿拾	五段動詞
食_たべた	➡	食_たべる	吃	下一段動詞
している	➡	する	做成	サ行變格動詞

實用句型

…から生_うまれた｜從…出生、產生

原文——おじいさんとおばあさんから生_うまれたのです。
　　　（是老爺爺和老奶奶所生的。）

活用——日本刀_{にほんとう}は中國_{ちゅうごく}の刀_{かたな}から生_うまれたのです。
　　　（日本刀是由中國刀演變而來。）

…や｜和、…等

原文——きびだんごわずか一_{ひと}つで雉_{きじ}や猿_{さる}や犬_{いぬ}を家来_{けらい}にしている…
　　　（只用一個糯米糰子，就讓雉雞、猴子、和狗等變成隨從…）

活用——八百屋_{やおや}さんは野菜_{やさい}や果物_{くだもの}を売_うっています。
　　　（蔬果行賣蔬菜和水果等東西。）

…よう｜似乎、…的樣子

原文——同_{おな}じように有名_{ゆうめい}な「金太郎_{きんたろう}」より人気_{にんき}が落_おちるようです。
　　　（比起同樣有名的「金太郎」，似乎人氣比較下滑。）

活用——今_{いま}ではほとんどすべての若者_{わかもの}が携帯_{けいたい}を持_もっているようです。
　　　（現在，似乎所有的年輕人都擁有手機。）

忠犬ハチ公
ちゅう けん こう

MP3-28

據說銅像落成時，「八公」也出席觀禮；
渋谷車站的「八公出口」，
至今仍是著名的觀光景點。

1 忠犬ハチ公は、元は戦前のある人が **2** 飼っていた秋
ちゅうけん こう　もと　せんぜん　ひと　か　あき

田犬でした。主人を毎日渋谷駅まで **3** 送り迎えし、急
た けん　しゅじん　まいにちしぶや えき　おく むか　きゅう

病で **4** 亡くなってからも駅で **5** 待ち続けたため「忠
びょう　な　えき　ま つづ　ちゅう

犬」として話題になりました。
けん　わ だい

1 忠犬八公原是戰前有人 **2** 飼養的秋田犬，八公每天來往渋谷車站 **3** 接
送主人，即使後來主人因病突然 **4** 過世，八公仍然每天在車站 **5** 持續守
候，因此「忠犬八公」的事蹟逐漸成為話題。

そして、渋谷駅には銅像が⑥建てられるほどになりまし

た。この銅像が落成したときには、ハチ公自身も⑦落成

式に出席していたそうです。

後來，甚至在涉谷車站前⑥建造了一座八公銅像。據說當銅像落成時，八公也出席了⑦落成典禮。

⑧およそ１2年の寿命を⑨全うし亡くなりました。⑩今

でも、「渋谷のハチ公口」は多くの人が⑪待ち合わせを

する有名地点となっています。

不久之後，八公便⑨結束⑧將近12年的生命而死去，⑩時至今日，「涉谷車站的八公出口」仍是許多日本人⑪相約見面的有名地標。

文章出現的		原形	意義	詞性
飼っていた	➡	飼う	飼養	五段動詞
送り迎えし	➡	送り迎えする	接送	サ行變格動詞
亡くなって	➡	亡くなる	死亡	五段動詞
待ち続けた	➡	待ち続ける	持續等待	下一段動詞
建てられる	➡	建てる	建造	下一段動詞
落成した	➡	落成する	竣工	サ行變格動詞
全うし	➡	全うする	終享（天年）	サ行變格動詞

實用句型

…元は｜原來

原文——元は戦前のある人が飼っていた秋田犬でした。
　　　（原是戰前有人飼養的秋田犬。）

活用——ポパイは元は缶詰の宣伝用の漫画でした。（卜派原是罐頭的廣告漫畫。）

…が建てられる｜建立、建造

原文——渋谷駅には銅像が建てられるほどになりました。
　　　（甚至在渋谷車站建造了銅像。）

活用—— 新しい東京タワーが建てられるそうです。（據說要蓋新的東京鐵塔。）

…とき｜…之時

原文——この銅像が落成したときには、ハチ公自身も落成式に出席して
　　　いたそうです。（據說這座銅像落成時，八公也出席了落成典禮。）

活用—— 私が食べたときにはまだ二つ残っていました。
　　　（我吃完的時候，還剩兩個。）

大和撫子
やまとなでしこ

MP3-29

「大和撫子」一詞常用來形容日本女性特有的個性與氣質，幾乎和美女一詞畫上等號。日劇「大和拜金女」的日文劇名就是「大和撫子」。

「撫子（なでしこ）」とは元々（もともと）「秋（あき）の七草（ななくさ）」の一つ（ひと）でした。中国（ちゅうごく）**1** 伝来（でんらい）の「唐撫子（とうなでしこ）」に対（たい）して日本（にほん）**2** 在来種（ざいらいしゅ）を「大和（やまと）撫子（なでしこ）」と言（い）います（**3** 大和（やまと）は日本（にほん）の古称（こしょう））。

「撫子」原本是「秋天七草」（秋天開花的七種草）之一，相對於中國 **1** 傳入的叫做「唐撫子」，日本的 **2** 本土品種則叫做「大和撫子」（ **3** 大和是日本的古稱）。

④転じて、日本人の心の中の理想の女性を形容する⑤言葉になりました。日本人理想の女性像とは、⑥でしゃばらず⑦控えめで、清純で⑧恥じらいを知る⑨乙女です。

後來「大和撫子」一詞④轉變成用來形容日本人心目中理想女性形象的⑤詞彙。日本人的理想女性形象是⑥不強出風頭、⑦內斂、純真、⑧謹守禮節的⑨少女。

しかしその中にも心の強さや信念を⑩貫く強さを⑪併せ持った女性を言います。⑫もちろん⑬外見も⑭大事で、性格⑮のみでなく容姿端麗で⑯なければなりません。

但是內在也要是一位⑪兼具堅強意志、勇於⑩貫徹信念的女性。⑫當然⑬外在也很⑭重要，不是⑮只有個性，行為舉止也⑯必須端莊合宜。

文章出現的		原形	意義	詞性
対_{たい}して	➡	対_{たい}する	對於	サ行變格動詞
言_いいます	➡	言_いう	叫做	五段動詞
転_{てん}じて	➡	転_{てん}じる	轉變	上一段動詞
でしゃばらず	➡	でしゃばる	出風頭	五段動詞
併_{あわ}せ持_もった	➡	併_{あわ}せ持_もつ	兼具	五段動詞
なく	➡	ない	不是	い形容詞

實用句型

… に対_{たい}して｜相對於…

原文——中国伝来_{ちゅうごくでんらい}の「唐撫子_{とうなでしこ}」に対_{たい}して日本在来種_{にほんざいらいしゅ}を「大和撫子_{やまとなでしこ}」と言_いいます。（相對於中國傳入的「唐撫子」，日本的源生品種稱作「大和撫子」。）

活用——西洋_{せいよう}のドラゴンに対_{たい}して、東洋_{とうよう}には龍_{りゅう}が存在_{そんざい}します。
（相對於西方國家的 "dragon"，東方國家也有 "龍" 的存在。）

… を形容_{けいよう}する｜形容…

原文——日本人_{にほんじん}の心_{こころ}の中_{なか}の理想_{りそう}の女性像_{じょせいぞう}を形容_{けいよう}する言葉_{ことば}になりました。
（變成用來形容日本人心目中理想女性形象的詞彙。）

活用——状態_{じょうたい}を形容_{けいよう}する言葉_{ことば}を擬態語_{ぎたいご}と言_いいます。
（形容狀態的詞彙叫做「擬態語」。）

… なければなりません｜必須…

原文——性格_{せいかく}のみでなく容姿端麗_{ようしたんれい}でなければなりません。
（不只個性，外表也必須端莊秀麗。）

活用——会員_{かいいん}になるには入会手続_{にゅうかいてつづ}きをしなければなりません。
（要成為會員，必須辦理入會手續。）

夏目漱石
<ruby>夏<rt>なつ</rt></ruby><ruby>目<rt>め</rt></ruby><ruby>漱<rt>そう</rt></ruby><ruby>石<rt>せき</rt></ruby>

MP3-30

夏目漱石和愛因斯坦一樣，
死後大腦仍被完整的保存下來。

夏目漱石は森鴎外と共に近代文学の双璧と言われたほど

の大文豪です。東京大学を❶卒業した❷インテリで、

❸イギリス留学の後に作家として❹デビューしました。

「夏目漱石」是和「森鷗外」並稱日本近代文學雙璧的大文豪。夏目漱石是東京大學❶畢業的❷知識菁英，❸英國留學歸國後以作家的身份❹開始發表創作。

作家としては⑤順風満帆で、処女作から⑥好評を博し

⑦次々と著名作品を発表しました。しかし⑧病弱で、

⑨わずか４９歳で⑩亡くなっています。

夏目漱石的作家生涯⑤一帆風順，從初試啼聲的處女作開始就⑥大獲好
評，⑦接連發表了許多知名著作。不過因為⑧體弱多病，⑨僅僅49歲就
⑩過世。

弟子には有名な文豪芥川龍之介を⑪はじめ多くの傑出

した人材を輩出しています。また、漫画の夏目房之介

は⑫直孫です。その肖像は「新千円⑬札」にも見られ

ます。

他的弟子以知名文豪——芥川龍之介⑪為首，傑出人才輩出。而漫畫家
——夏目房之介是他的⑫直系子孫，日本發行的「新仟圓⑬紙鈔」也印有
夏目漱石的肖像。

文章出現的		原形	意義	詞性
言^いわれた	➡	言^いう	稱作	五段動詞
デビューしました	➡	デビューする	初出茅廬	サ行變格動詞
博^{はく}し	➡	博^{はく}す	博得	五段動詞
傑出^{けっしゅつ}した	➡	傑出^{けっしゅつ}する	傑出、出眾	サ行變格動詞
輩出^{はいしゅつ}しています	➡	輩出^{はいしゅつ}する	輩出	サ行變格動詞

實用句型

… と共^{とも}に｜和…一起

原文──夏目漱石^{なつめそうせき}は森鴎外^{もりおうがい}と共^{とも}に近代文学^{きんだいぶんがく}の双璧^{そうへき}と言^いわれたほどの大文^{だいぶん}豪^{ごう}です。（夏目漱石是和森鷗外並稱日本近代文學雙壁的大文豪。）

活用──納豆^{なっとう}は豆腐^{とうふ}と共^{とも}に中国^{ちゅうごく}から入^{はい}ってきたと言^いわれています。

（據說納豆是和豆腐一起從中國傳入的。）

… から｜從…開始

原文──処女作^{しょじょさく}から好評^{こうひょう}を博^{はく}し次々^{つぎつぎ}と著名作品^{ちょめいさくひん}を発表^{はっぴょう}しました。

（從處女作開始大獲好評，接連發表了許多知名著作。）

活用──最初^{さいしょ}から先頭^{せんとう}を走^{はし}り、そのままゴールしました。

（從一開始就領先，直到終點。）

… わずか｜僅僅…

原文──しかし病弱^{びょうじゃく}で、わずか４９歳^{よんじゅうきゅうさい}で亡^なくなっています。

（不過因為體弱多病，僅僅49歲就過世了。）

活用──スタローンは、わずか「ロッキー」一本^{いっぽん}のヒットでハリウッドのトップスターになりました。

（史特龍僅靠「洛基」一部片的賣座，成為好萊塢的頂尖明星。）

河童
かっぱ

傳說河童的弱點在頭頂的「碟」，
只要誘騙河童彎身，讓他頭頂碟裡的水流盡，
河童就會精力盡失。

1 河童は、日本の妖怪・伝説上の動物です。河童は龍

の**2**様な**3**想像上の動物とされていますが、古来より

4目撃談も数多く存在します。それらすべてが錯覚や

5嘘とも**6**思われず、文献にも残っています。

1河童是日本神話故事中的生物。河童和龍**2**一樣，被認為是**3**虛構的
動物，不過自古以來一直有許多**4**親眼目擊的傳說，甚至這些傳說**6**不被
認為全是錯覺或**5**謊言，因為連文獻中也有河童的記載。

それで日本の未確認生物とも見られています。**7** ミイラ

も各地に残っていますが、**8** ほとんどは合成の**9** ニセモ

ノだそうです。

因此，在日本河童被視為一種未經證實的生物，雖然各地都有 **7** 河童木乃伊，但據說 **8** 幾乎都是人造的 **9** 假冒品。

YouTubeにも**10** 明らかに人間とはちがう二本足の生き

物が水に**11** 飛び込んで泳いで消える 姿 が**12** アップされ

ていた事があります。しかし、**13** 出所や真偽は不明で

す。河川の汚染と共に、河童の**14** 目撃談も**15** 激減してき

ました。

YouTube網站上也有人**12** 上傳和人類**10** 明顯不同的兩隻腳生物，**11** 跳入水裡游泳然後消失的影片，不過影片**13** 出處及真偽不明。隨著河川污染日益嚴重，河童的**14** 親眼目擊的傳說也**15** 減少許多。

文章出現的		原形	意義	詞性
されています	➡	される	當作	下一段動詞
<ruby>存在<rt>そんざい</rt></ruby>します	➡	<ruby>存在<rt>そんざい</rt></ruby>する	存在	サ行變格動詞
<ruby>思<rt>おも</rt></ruby>われず	➡	<ruby>思<rt>おも</rt></ruby>う	認為	五段動詞
<ruby>残<rt>のこ</rt></ruby>っています	➡	<ruby>残<rt>のこ</rt></ruby>る	存留	五段動詞
<ruby>飛<rt>と</rt></ruby>び<ruby>込<rt>こ</rt></ruby>んで	➡	<ruby>飛<rt>と</rt></ruby>び<ruby>込<rt>こ</rt></ruby>む	跳入	五段動詞
<ruby>泳<rt>およ</rt></ruby>いで	➡	<ruby>泳<rt>およ</rt></ruby>ぐ	游泳	五段動詞
<ruby>激減<rt>げきげん</rt></ruby>して	➡	<ruby>激減<rt>げきげん</rt></ruby>する	急遽減少	サ行變格動詞

實用句型

… とされています ｜ 被認為是…

原文——<ruby>河童<rt>かっぱ</rt></ruby>は<ruby>龍<rt>りゅう</rt></ruby>の<ruby>様<rt>よう</rt></ruby>な<ruby>想像上<rt>そうぞうじょう</rt></ruby>の<ruby>動物<rt>どうぶつ</rt></ruby>とされていますが…

（河童和龍一樣，被認為是虛構的動物…）

活用——<ruby>曹操<rt>そうそう</rt></ruby>は<ruby>一般<rt>いっぱん</rt></ruby>には<ruby>悪役<rt>あくやく</rt></ruby>とされています。（一般都認為曹操是壞人。）

… <ruby>見<rt>み</rt></ruby>られています ｜ 被視為是…

原文——<ruby>日本<rt>にほん</rt></ruby>の<ruby>未確認生物<rt>みかくにんせいぶつ</rt></ruby>とも<ruby>見<rt>み</rt></ruby>られています。

（在日本被視為一種未經證實的生物。）

活用——<ruby>富士山<rt>ふじさん</rt></ruby>は<ruby>休火山<rt>きゅうかざん</rt></ruby>なのでいつか<ruby>爆発<rt>ばくはつ</rt></ruby>するものと<ruby>見<rt>み</rt></ruby>られています。

（富士山是個休火山，被認為總有一天會爆發。）

… ほとんど ｜ 大部分

原文——ほとんどは<ruby>合成<rt>ごうせい</rt></ruby>のニセモノだそうです。

（據說大部分都是人工合成的偽造品。）

活用——ＵＦＯ<ruby>目撃談<rt>もくげきだん</rt></ruby>のほとんどは<ruby>見間違<rt>みまちが</rt></ruby>えです。

（目擊幽浮之說，大部分都是看錯。）

オタクの発祥
はっしょう

「御宅族」習慣把自己關在房間裡，
沈溺於一個人的世界。

たいいくかいけい　　　　　　　　ぶんかけい　　　　　　ぶかつどう　いっしゅ　　だんたいせい
1 体育会系でも **2** 文化系でも **3** 部活動は一種の **4** 団体生

かつ　　　　　　　　　めんせつしけん　　　　　　　　　　　ぶかつ　けいけん　　ひょう
活です。 **5** だから **6** 面接試験などでも部活の経験は評

か　たいしょう
価の対象です。

不論是 **1** 運動性社團或 **2** 文化性社團，任何 **3** 社團活動都是 **4** 團體生活
的一種。 **5** 所以在 **6** 企業面試當中，社團活動的經歷也會列入評選條件。

これに対して、学生時代を[7]通しての「[8]帰宅部」は[9]もちろん[10]評価の対象になりません。「[11]貴重な体験をせずに[12]好き勝手に遊んでいた」と[13]見られるからです。この帰宅部の進化系が「[14]オタク」です。

以這樣的標準看來，學生時代[7]自始至終都是「[8]歸宅部」(註)的人，[9]當然[10]不可能成為考慮的人選。這樣的人[13]被認為「[11]缺乏珍貴的體驗，只是[12]為所欲為的玩樂」。這些「歸宅部」的人，後來慢慢進化成「[14]御宅族」。

(註)歸宅部：指一放學就回家，沒有參加任何社團活動的人。

オタクは[15]自宅に篭って[16]マニアックな研究に[17]没頭します。だから[18]内向的で[19]閉鎖的な[20]イメージがあり、一般社会からは「[21]キモい」(註)と言われます。しかし、中にはかなりの専門知識や技術を持った人たちも存在します。

「御宅族」習慣[15]關在家裡，[17]埋首沈溺於[16]瘋狂的研究之中，所以，給人一種[18]個性內向、[19]封閉的[20]印象，日本社會上形容這種刻板印象為「[21]噁心」。不過，御宅族當中也不乏擁有豐富專業知識或技術的人。

(註)キモい（ki.mo.i）：是気持ち（ki.mo.chi）＋悪い（wa.ru.i）所成的字。

文章出現的		原形	意義	詞性
とお 通して	➡	とお 通す	貫徹、一直…	五段動詞
なりません	➡	なる	變成…	五段動詞
せず	➡	する	做…	サ行變格動詞
あそ 遊んでいた	➡	あそ 遊ぶ	遊玩	五段動詞
み 見られる	➡	み 見る	看	上一段動詞
こも 篭って	➡	こも 篭る	閉門不出	五段動詞
ぼっとう 没頭します	➡	ぼっとう 没頭する	埋首、沈溺於	サ行變格動詞

實用句型

… もちろん｜當然

原文——帰宅部はもちろん評価の対象になりません。

（歸宅部當然不可能成為考慮的人選。）

活用——セールスマンは業績が悪いともちろん収入に影響します。

（業務員業績不好，當然會影響收入。）

… に没頭します｜埋首、熱中於…

原文——オタクは自宅に篭ってマニアックな研究に没頭します。

（御宅族把自己關在家裡，沈溺在自己的瘋狂研究之中。）

活用——携帯メールに没頭しすぎて降りる駅を過ぎてしまいました。

（我過於沈溺於手機簡訊，坐過站了。）

… と言われます｜被稱為…

原文——一般社会からは「キモい」と言われます。（一般社會上稱為「噁心」。）

活用——あまり勉強ばかりすると「ガリ勉」と言われます。

（太過於用功的話，會被說是「書呆子」。）

萌えなオタクたち

「萌」指清純可愛的小女孩，也用來形容著迷動漫的
「御宅族」對這種角色的瘋狂迷戀。

1 メディアの発達は、言語にも影響します。「**2** オタク」

「**3** 萌え」などの用語は、日本 **4** アニメの輸入 **5** に伴っ

て、日本国内 **6** だけでなく、同じ漢字文化圏の人々にも

使われるようになりました。

1 傳播媒體的發達，也影響語言的使用。類似「**2** 御宅族」、「**3** 萌」
這樣的用語，**5** 隨著日本 **4** 動畫傳入各國，**6** 不只在日本國內，同屬漢
字文化圈的人們也開始使用。

「萌え（る）」とは元々は「[7]芽生える」と言う意味ですが、[8]相手に対して[9]愛情が芽生えると言う意味で[10]派生して使われています。またこれは「興奮に[11]火がつく」と言う意味で、同じ発音の「燃え」にも[12]かけています。

「萌」的原意是「[7]萌芽」，因為「對[8]對方[9]萌生愛意」這樣的意義，所以[10]衍生出「萌」的用法。而且「萌」具有「[11]燃燒熱情」的意思，和「燃燒」（mo.e）的發音也相同，兩者也[12]有些許關連。

またこの単語は「[13]幼くて可愛らしいもの」に対して使われる事が多く、007の[14]ボンドガールのような[15]セクシー系の大人の女性には[16]あまり使われません。

另外，「萌」這個詞語通常用來形容「[13]幼小可愛的東西」，如果像007電影裡的[14]龐德女郎這種[15]性感類型的成熟女性，就[16]不太適用這個詞語來形容。

文章出現的		原形	意義	詞性
影響します <small>えいきょう</small>	➡	影響する <small>えいきょう</small>	影響	サ行變格動詞
伴って <small>ともな</small>	➡	伴う <small>ともな</small>	伴隨著	五段動詞
派生して <small>は せい</small>	➡	派生する <small>は せい</small>	衍生	サ行變格動詞
かけています	➡	かける	有關	下一段動詞
幼くて <small>おさな</small>	➡	幼い <small>おさな</small>	幼小	い形容詞
使われません <small>つか</small>	➡	使う <small>つか</small>	使用	五段動詞

實用句型

…に伴って｜隨著…

原文──日本アニメの輸入に伴って、日本国内だけでなく…

（隨著日本動畫的傳入，不只日本國內…）

活用──文明の発達に伴って、人は忙しくなっていきます。

（隨著文明的發達，人們越來越忙。）

…にもかけています｜也有關、也包含

原文──同じ発音の「燃え」にもかけています。（和發音相同的「燃燒」也有關。）

活用──「英雄」と言う名前は「英雄」にもかけています。

（hi.de.o（英雄）這個名字，也包含「英雄」的意思。）

…あまり…ません｜不太…

原文──セクシー系の大人の女性にはあまり使われません。

（不太適用於性感的成熟女性。）

活用──一般の日本人はあまり漢字を知りません。

（一般的日本人不太了解漢字。）

5 生活習慣

生活中，日本人有偏愛一成不變的傾向。

例如每年一到四月，都會出現典型的「櫻花海報」。海報中是精神奕奕的新生們背著書包，站在櫻花滿開、花瓣如吹雪飄落的校門前，背景是「恭喜入學」之類的祝詞。這幾乎已成為一種慣性，每年你一定會在車站看見這樣的海報。

此外，在日本極受歡迎的時代劇「水戶黃門」也是如此，每集的內容可說幾乎完全一樣，但是如果其中一集劇情沒有照著慣例發展，據說還會湧進大批觀眾的抗議聲。

日本人的「一成不變」、「千篇一律」之中，隱藏的是對事物戀戀不忘的情緒。

銭湯
（せん とう）

循著煙囪，就能找到公共澡堂。
澡堂大多是寺院和神社的造型，
入內後男浴池常有富士山的圖畫。

銭湯（せんとう）は **1** 料金（りょうきん）を支払（しはら）って入浴（にゅうよく）できるようにした施設（しせつ）です。銭湯（せんとう）は俗（ぞく）に「**2** お風呂屋（ふろや）」とも言（い）います。今（いま）の住宅（たく）には必（かなら）ず **3** 風呂場（ふろば）がありますが、**4** アパートなどの **5** 安（やす）い **6** 賃貸住宅（ちんたいじゅうたく）には風呂場（ふろば）がないのが普通（ふつう）でした。

銭湯就是 **1** 付費的洗浴設施，也就是俗稱的「**2** 公共浴池」。現在一般的住家都有 **3** 浴室，但是以前有些 **4** 公寓式、租金較 **5** 便宜的 **6** 出租住宅，通常是沒有浴室的。

114

そこで、 7 町には 必ず 一つは 銭湯がありました。 銭湯
は 高い 8 煙突が 9 立っています。 だから 高い 建物がない
住宅地では 10 どこからもその 位置が 11 わかりました。

因此，7 街道上必定會有一間公共澡堂。公共澡堂一定有 9 矗立的高聳
8 煙囪，因此在無高層建築物的住宅區，10 不論從何處，馬上可以 11 知
道澡堂的位置。

住宅街では 12 夕方になると 13 洗面器に 14 タオルや 15 石
鹼を 入れて、三々五々 歩いて 銭湯に 行きました。 銭湯の
中では 16 コーヒー 牛乳を 売っていて、近くには 必ず 弁
当屋、17 自動洗濯機など 商店街がありました。

住宅區內每到 12 傍晚時分，就有三三兩兩的人群用 13 臉盆裝著 14 毛巾和
15 肥皂，結伴走到公共澡堂洗澡。通常，公共澡堂裡還會販賣 16 咖啡牛
奶，附近一定是便當店、17 自助洗衣機等店家林立的商店街。

重要單字

文章出現的		原形	意義	詞性
言^いいます	➡	言^いう	說	五段動詞
立^たっています	➡	立^たつ	矗立	五段動詞
わかりました	➡	わかる	知道	五段動詞
入^いれて	➡	入^いれる	放入	下一段動詞
歩^{ある}いて	➡	歩^{ある}く	走路	五段動詞
行^いきました	➡	行^いく	前去	五段動詞
売^うって	➡	売^うる	販賣	五段動詞

實用句型

… 俗^{ぞく}に…と言^いいます｜俗稱為…

原文——銭湯^{せんとう}は俗^{ぞく}に「お風呂屋^{ふろや}」とも言^いいます。

（錢湯也就是俗稱的「公共浴池」。）

活用—— 出家^{しゅっけ}した人^{ひと}を俗^{ぞく}に「お坊^{ぼう}さん」と言^いいます。（出家人俗稱「和尚」。）

… が立^たっています｜矗立著

原文——銭湯^{せんとう}は高^{たか}い煙突^{えんとつ}が立^たっています。

（公共澡堂一定有矗立的高聳煙囪。）

活用——駅前^{えきまえ}に大^{おお}きいビルが立^たっています。（車站前有高聳的大樓。）

… がわかります｜知道、懂得

原文——どこからもその位置^{いち}がわかりました。

（不論身在何處都可以知道它的位置。）

活用——彼女^{かのじょ}はポルトガル語^ごがわかります。（她懂葡萄牙語。）

下町の生活習慣
したまち　せいかつしゅうかん

住商混和區的居民喜歡與人分享，
常有互相招待、互送東西的情形。

1下町や**2**山の手では、物の所有**3**に対する認識もちが
したまち　やまて　　　もの しょゆう　　たい にんしき

います。下町では**4**知り合いの間ならば**5**かなり自由
したまち　　　し あ　　　あいだ　　　　　　　　じゆう

に住宅に**6**出入りしますし、
じゅうたく　でい

1住商混合區和**2**高級住宅區的居民，**3**對於物品所有權的認知也不
相同。在「住商混合區」，只要是**4**認識的人，彼此可以**5**相當自由地
6進出對方的家；而且，

自分の物と他人の物も **7** あまりハッキリと分けない傾向
があります。**8** 親しい人ならば人の物も自由に使うし、
人が自分の物を使っても **9** 何も言いません。

對於自己的東西和別人的東西，也有 **7** 不刻意分清楚的傾向。只要是 **8** 親
近的人，不僅可以自由使用對方的東西，對方用自己的東西，也 **9** 不會說
什麼。

元々が豊かな地域ではないので物品の **10** 専有意識が低
く、**11** 近所の人 **12** みんなで **13** 分けて使おうと言う **14** 考
えが **15** 強いのです。昔の話では、**16** お腹が空くと知り
合いの家に **17** 上がりこみ、**18** ご飯を食べさせてもらった
りしたそうです。

因為原本就不是個生活富足的地區，所以人們對於物品的 **10** 佔有欲較低，
願意和 **11** 鄰居 **12** 大家共同 **13** 分享使用的 **14** 想法比較 **15** 強烈。據說在以
前，只要 **16** 肚子餓就能直接 **17** 進入認識的人家裡，獲得對方 **18** 免費招待
飽餐一頓。

文章出現的		原形	意義	詞性
ちがいます	➡	ちがう	不同	五段動詞
出入（でい）りします	➡	出入（でい）りする	進出	サ行變格動詞
分（わ）けない	➡	分（わ）ける	區分	下一段動詞
使（つか）っても	➡	使（つか）う	使用	五段動詞
低（ひく）く	➡	低（ひく）い	低的	い形容詞
使（つか）おう	➡	使（つか）う	使用	五段動詞
上（あ）がりこみ	➡	上（あ）がりこむ	走進	五段動詞

實用句型

… に対（たい）する｜對於…

原文——物（もの）の所有（しょゆう）に対（たい）する認識（にんしき）もちがいます。（對於物品所有權的認知也不同。）

活用——先生（せんせい）は、女子（じょし）に対（たい）する態度（たいど）が優（やさ）しいです。（老師對女學生的態度溫柔。）

… ならば｜如果是

原文——知（し）り合（あ）いの 間（あいだ）ならばかなり自由（じゆう）に住宅（じゅうたく）に出入（でい）りします。

（如果是認識的人，都可以很自由地進出對方的家。）

活用——休日（きゅうじつ）ならばどこも人（ひと）が満員（まんいん）です。（如果碰到假日，到處都是人。）

… 傾向（けいこう）があります｜有…傾向

原文——自分（じぶん）の物（もの）と他人（たにん）の物（もの）もあまりハッキリと分（わ）けない傾向（けいこう）があります。（有一種自己和別人的東西不太區分清楚的傾向。）

活用——年齢（ねんれい）が若（わか）いほど 新（あたら）しいものを受（う）け入（い）れやすい傾向（けいこう）があります。

（有越年輕，越能接受新東西的傾向。）

山の手の生活習慣
（やま て せい かつ しゅう かん）

不只居住環境不同，
高級住宅區的生活習慣也和「下町」不同，
人與人之間較有距離感，個人主義強烈。

■1下町に対して、■2山の手の■3人たちは土地や住宅、

物品に対しては所有権を■4ハッキリ分けて、人のものは

■5決して使いませんし、人に自分の物を■6触られるのも

■7嫌がります。

相對於■1住商混合區，■2高級住宅區的■3居民們對於土地、住宅、或物品的所有權■4區分得非常清楚，■5絕不使用別人的東西，也■7討厭別人■6碰觸自己的物品。

<ruby>人<rt>ひと</rt></ruby>の<ruby>邪魔<rt>じゃま</rt></ruby>をするのも⑨<ruby>邪魔<rt>じゃま</rt></ruby>をされるのも<ruby>嫌<rt>きら</rt></ruby>う<ruby>傾向<rt>けいこう</rt></ruby>があ

り、<ruby>個人主義<rt>こじんしゅぎ</rt></ruby>が<ruby>強<rt>つよ</rt></ruby>いのです。<ruby>同<rt>おな</rt></ruby>じ<ruby>東京<rt>とうきょう</rt></ruby>であっても⑩<ruby>地域<rt>ちいき</rt></ruby>

や<ruby>環境<rt>かんきょう</rt></ruby>によりかなり⑪<ruby>風習<rt>ふうしゅう</rt></ruby>が⑫<ruby>異<rt>こと</rt></ruby>なるので、

而且有不喜歡⑧**麻煩他人**，也不喜歡⑨**被別人麻煩**的傾向，個人主義強烈。即使同樣在東京，⑩**隨著地域或環境**不同，⑪**風俗習慣**也有很大的⑫**差異**。

<ruby>友達<rt>ともだち</rt></ruby>の<ruby>家<rt>いえ</rt></ruby>に<ruby>行<rt>い</rt></ruby>くと<ruby>習慣<rt>しゅうかん</rt></ruby>の<ruby>違<rt>ちが</rt></ruby>いに⑬びっくりすることも

よくあったのです。しかし<ruby>最近<rt>さいきん</rt></ruby>では⑭<ruby>情報化社会<rt>じょうほうかしゃかい</rt></ruby>とな

り、こうした⑮<ruby>格差<rt>かくさ</rt></ruby>は⑯なくなりつつあります。

所以經常發生一到朋友家，才發現彼此習慣上的差異而⑬**大吃一驚**的情況。不過，近來受到⑭**資訊化**社會的影響，這樣的⑮**差距**已經⑯**逐漸消失**。

121

文章出現的		原形	意義	詞性
対^{たい}して	➡	対^{たい}する	對於	サ行變格動詞
分^わけて	➡	分^わける	區分	下一段動詞
使^{つか}いません	➡	使^{つか}う	使用	五段動詞
触^{さわ}られる	➡	触^{さわ}る	碰觸	五段動詞
嫌^{いや}がります	➡	嫌^{いや}がる	討厭	五段動詞
あった	➡	ある	有（事物）	五段動詞
なくなり	➡	なくなる	消失	五段動詞

實用句型

… 決^{けっ}して｜絕不…

原文──人^{ひと}のものは決^{けっ}して使^{つか}いません。（絕不使用他人的物品。）

活用──彼^{かれ}は決^{けっ}してウソはつきません。（他絕不說謊。）

… により｜依照、根據…

原文──地域^{ちいき}や環境^{かんきょう}によりかなり風習^{ふうしゅう}が異^{こと}なる。

（根據地區或環境不同，風俗習慣有很大的差異。）

活用──機械^{きかい}であっても情況^{じょうきょう}により調子^{ちょうし}がよかったり悪^{わる}かったりします。

（機器也會因為不同情況，運作時好時壞。）

… つつあります｜漸漸…

原文──格差^{かくさ}はなくなりつつあります。（差距漸漸消失。）

活用──女性^{じょせい}であっても能力^{のうりょく}が発揮^{はっき}できる社会^{しゃかい}になりつつあります。

（逐漸轉型為女性也得以發揮能力的社會。）

6 傳統文化

日本的傳統表演藝術大多起源於中國，由中國傳入日本後再以不同面貌發展形成的。

例如「相撲」，在中國的「水滸傳」等文獻中早有記載，傳入日本後，改良原本的踢腿及出拳等攻擊招式，發展成現在日本特有的文化。

不過，和中國文化不同的是，不管時代如何變遷，日本人習慣完整保留既有文化的原貌。

例如現今存在的「能劇」，就維持著近千年前的相同樣貌；而「日本劍術」各流派始祖親筆所寫的書，現今也都完整保存著。

不在乎這些傳承下來的經典是否能產生附加價值，只是用盡心力保存原貌，這也是日本人特殊的民族性。

相撲
（すもう）

相撲比賽中，身穿和服、負責裁定勝負的是
「行司（ぎょうじ）」（圖右一），行司手上拿的扇子叫做
「軍配（ぐんばい）」，將頒給勝方。

相撲（すもう）の起源（きげん）は中国（ちゅうごく）です。「水滸伝（すいこでん）」にも記載（きさい）がある

相撲（すもう）のように、日本古代（にほんこだい）の相撲（すもう）は**1**足蹴（あしけ）りや拳（こぶし）による

2突（つ）き技（わざ）がありました。

相撲起源於中國，日本古代的相撲就像中國「水滸傳」裡所記載的一樣，
有**1**踢腿和出拳等**2**攻擊招式。

124

後に③あまり危険な④打撃業は禁止され、⑤裸の投げ技と掌の打撃技、⑥および⑦頭突きが残って現在の形に⑧なりました。現在では、⑨技の数は「相撲四十八手」と言います。

後來，因為禁止③過於危險的④具攻擊性職業，所以⑧演變成今日所看到的⑤裸身摔跤、以手掌攻擊、⑥以及⑦以頭撞擊的相撲形式。現今相撲的⑨招數稱作「相撲四十八招」。

試合を⑩行なう⑪円い砂場は「土俵」と言います。勝敗や判定を⑫下す人を「行司」と言い、手に持った物を「軍配」と言います。⑬勝ったほうの⑭名前を呼びながら軍配を⑮あげるのです。

⑩進行比賽用的⑪圓形砂場叫做「土俵」，⑫宣判勝負和裁決的人叫做「行司」，行司手上拿的東西叫「軍配」（是一種指揮扇）。行司宣判⑬獲勝者⑭姓名的同時，⑮頒給軍配。

重要單字

文章出現的		原形	意義	詞性
ありました	➡	ある	有（事物）	五段動詞
禁止され	➡	禁止する	禁止	サ行變格動詞
残って	➡	残る	留下	五段動詞
なりました	➡	なる	變成…	五段動詞
言います	➡	言う	稱為…	五段動詞
勝った	➡	勝つ	優勝	五段動詞
呼びながら	➡	呼ぶ	呼叫	五段動詞

實用句型

… による｜利用、藉由

原文——日本古代の相撲は足蹴りや 拳 による突き技がありました。

（日本古代相撲有藉由踢腿和出拳所使出的攻擊招式。）

活用——是正改革による効果が期待されています。（改革的效果備受期待。）

… あまり｜過於…、非常…

原文——後にあまり危険な打撃 業 は禁止され…

（後來，禁止過於危險的具攻擊性職業…）

活用——あまり辛すぎるので食べられません。（因為太辣，沒辦法吃。）

… および｜以及

原文—— 裸 の投げ技と 掌 の打撃技、および頭突きが残って…

（保留裸身摔角，以手掌攻擊，以及以頭撞擊的招式…）

活用——本人および関係者から説明がありました。

（本人及相關人員已做了說明。）

鯉幟
こいのぼり

鯉魚旗最上方的旗幡叫做「吹き流し」，
並不是鯉魚。
ふ　なが

1鯉幟は、五月五日の**2**端午の節句に**3**飾られます。
こいのぼり　　ごがついつか　　たんごせっく　　かざ

端午は中国が起源です。しかし日本では「**4**子供の
たんご　ちゅうごく　き げん　　にほん　　こ ども

日」となっています。
ひ

日本五月五日**2**端午節時會**3**懸掛裝飾**1**鯉魚旗。端午節起源自中國，
但在日本演變成「**4**兒童節」（又稱為男孩節）。

主に男の子の日ですが、女の子も⑤祝います。⑥祝日なので学校も会社も⑦休みです。以前の日本は⑧一軒家で平屋が多く、鯉幟を飾る家が多かったです。

這一天主要是男孩子的節日，但也幫女孩子們⑤慶祝，而且是⑥國定假日，學校和公司都⑦放假。從前，日本大多是⑧獨棟平房，所以許多家庭都會懸掛鯉魚旗。

しかし最近では、二階建ての家や⑨マンションが増えてきて、電柱や電線に⑩引っかかるので鯉幟を飾る家は⑪とても少なくなってきました。鯉幟は上から、お父さん、お母さん、⑫子供と言う⑬配列です。

但是最近兩層樓住家和⑨大樓增多，懸掛鯉魚旗容易⑩纏住電線桿和電線，因此，懸掛鯉魚旗的家庭⑪變得越來越少了。鯉魚旗由上到下的⑬排列分別指父親、母親、⑫小孩。

重要單字

文章出現的		原形	意義	詞性
飾られます	➡	飾る	裝飾	五段動詞
なっています	➡	なる	變成…	五段動詞
祝います	➡	祝う	慶祝	五段動詞
多かった	➡	多い	多	い形容詞
増えて	➡	増える	增多	下一段動詞
少なく	➡	少ない	少	い形容詞
なってきました	➡	なってくる	變得越來越…	カ行變格動詞

實用句型

… が増えてきて｜逐漸增加

原文──二階建ての家やマンションが増えてきて…

（兩層樓的住家和大廈日漸增加…）

活用──禁煙場所が増えてきて、望ましいです。

（禁菸場所日漸增加，正是我期望的。）

… に引っかかる｜纏住、偵測到…

原文──電柱や電線に引っかかるので…（因為會纏住電線桿或電線…）

活用──時計が金属探知機に引っかかる事があります。

（手錶有時會被金屬探測機測出反應。）

… 少なくなってきました｜變得越來越少

原文──鯉幟を飾る家はとても少なくなってきました。

（懸掛鯉魚旗的家庭變得越來越少。）

活用──銭湯は少なくなってきました。（公共澡堂變得越來越少了。）

浮世絵
うきよえ

這是以日本歌舞伎演員為主題的「浮世繪」。
目前日本相撲比賽的宣傳海報，
也是採用「浮世繪」的畫風。

1 浮世絵は江戸時代に成立した日本画法の一つです。
うきよえ　えどじだい　せいりつ　にほんがほう　ひと

「浮世」とは**2**俗世間の事で、**3**生活を主題とした美
うきよ　ぞくせけん　こと　せいかつ　しゅだい　び

術様式です。主に版画ですが**4**肉筆画もあります。
じゅつようしき　おも　はんが　にくひつが

1浮世繪是起源於日本江戶時代的一種繪畫藝術，「浮世」的意思是**2**人間俗世，是一種**3**以生活為主題的繪畫藝術。內容以版畫為主，但也有**4**徒手畫。

⑤たまたま⑥輸出製品の包装紙に⑦使われていた浮世絵に西洋画家が注目した事から、⑧ヨーロッパでも⑨知られるようになりました。

⑤偶然間日本⑥出口商品的包裝紙上⑦使用浮世繪圖案，而讓浮世繪引起西方畫家的注意，從此在⑧歐洲也⑨逐漸享有盛名。

⑩ゴッホをはじめ西洋画家から⑪高い評価を受け、強い影響も⑫与えたようです。浮世絵には風景画、⑬美人画などがあります。美人画を見ると、当時の美人の基準は現代と大きく⑭かけ離れている事がわかります。

不僅獲得以⑩梵谷為首的西方畫家⑪極高的評價，似乎也⑫給予西方畫家造成極大的影響。浮世繪有風景畫，也有⑬美女圖。看浮世繪的美女圖時可以發現，當時美女的標準和現代⑭相差甚遠。

文章出現的		原形	意義	詞性
<ruby>使<rt>つか</rt></ruby>われていた	➡	<ruby>使<rt>つか</rt></ruby>う	使用	五段動詞
<ruby>与<rt>あた</rt></ruby>えた	➡	<ruby>与<rt>あた</rt></ruby>える	給予	下一段動詞
<ruby>大<rt>おお</rt></ruby>きく	➡	<ruby>大<rt>おお</rt></ruby>きい	大的	い形容詞
<ruby>かけ離<rt>はな</rt></ruby>れている	➡	<ruby>かけ離<rt>はな</rt></ruby>れる	相差懸殊	下一段動詞
わかります	➡	わかる	瞭解	五段動詞

實用句型

… たまたま｜偶然間、無意間

原文——たまたま<ruby>輸出<rt>ゆしゅつ</rt></ruby><ruby>製品<rt>せいひん</rt></ruby>の<ruby>包装紙<rt>ほうそうし</rt></ruby>に<ruby>使<rt>つか</rt></ruby>われていた<ruby>浮世絵<rt>うきよえ</rt></ruby>に<ruby>西洋画家<rt>せいようがか</rt></ruby>が<ruby>注目<rt>ちゅうもく</rt></ruby>した。（偶然間出口商品的包裝紙上使用浮世繪圖案，而讓浮世繪引起西方畫家的注意。）

活用——たまたま<ruby>入<rt>はい</rt></ruby>った<ruby>店<rt>みせ</rt></ruby>に、<ruby>欲<rt>ほ</rt></ruby>しいＣＤが<ruby>売<rt>う</rt></ruby>っていました。

（偶然間走進一間店，剛好有賣我想要的CD。）

… をはじめ｜以…為首

原文——ゴッホをはじめ<ruby>西洋画家<rt>せいようがか</rt></ruby>から<ruby>高<rt>たか</rt></ruby>い<ruby>評価<rt>ひょうか</rt></ruby>を<ruby>受<rt>う</rt></ruby>け…

（獲得以梵谷為首的西方畫家極高的評價…）

活用——<ruby>漫画<rt>まんが</rt></ruby>をはじめさまざまな<ruby>日本製品<rt>にほんせいひん</rt></ruby>が<ruby>台湾<rt>たいわん</rt></ruby>に<ruby>輸入<rt>ゆにゅう</rt></ruby>されています。

（以漫畫為首，各種日本製品進口到台灣。）

… かけ<ruby>離<rt>はな</rt></ruby>れる｜相差懸殊

原文——<ruby>当時<rt>とうじ</rt></ruby>の<ruby>美人<rt>びじん</rt></ruby>の<ruby>基準<rt>きじゅん</rt></ruby>は<ruby>現代<rt>げんだい</rt></ruby>と<ruby>大<rt>おお</rt></ruby>きくかけ<ruby>離<rt>はな</rt></ruby>れている<ruby>事<rt>こと</rt></ruby>がわかります。（可以瞭解當時的美女標準和現代有極大的落差。）

活用——あまりに<ruby>現実<rt>げんじつ</rt></ruby>とかけ<ruby>離<rt>はな</rt></ruby>れたストーリーは<ruby>観客<rt>かんきゃく</rt></ruby>の<ruby>同調<rt>どうちょう</rt></ruby>を<ruby>損<rt>そこ</rt></ruby>ないます。（與現實相差太遠的故事情節，會失去觀眾的認同感。）

歌舞伎
かぶき

MP3-40

「歌舞伎」演員清一色都是男性，
其中的女角也是由男性扮演，這種方式稱為「女形」。
おやま

歌舞伎は日本の❶伝統演劇の中で❷最も新しく、江戸
かぶき　にほん　　でんとうえんげき　なか　　もっと　あたら　　　　えど

時代に成立した物です。歌舞伎は中国の京劇に❸似て
じだい　せいりつ　もの　　　かぶき　ちゅうごく　きょうげき　に

います。

歌舞伎開始於江戶時代，是日本❶傳統戲劇中❷最新的一種形式。歌舞伎
和中國的京劇十分❸類似。

4派手な化粧（5隈取と言う）や6サーカスのような

7アクロバットもあり、色彩豊かで絢爛豪華な演劇様式

です。中国と8ちがうのは、伝統的な世襲制です。

有4花俏豔麗的妝（稱作「5臉譜」），還有類似6馬戲團的7特技表演，是一種色彩豐富、豪華絢爛的戲劇形式。和中國京劇8不同的是，歌舞伎採傳統的家族世襲制度。

9主役級は10大抵11家元の家に生まれて、子供の頃か

ら12強制的に13稽古をしてきた人ばかりです。外からの

人も14入れますが、難しいです。また、女性が演じる

事はなく、女性15役も男性が演じます。これを「女形」

と言います。

9主角級的人，10大多是11主流派的家族子弟，都是從小就被12強迫13學習戲劇。雖然外人也14能夠加入，但是要擔任主角非常困難。此外，女性並不參與演出，女性15角色也是由男性扮演，這種男扮女裝的方式叫做「女形」。

文章出現的		原形	意義	詞性
新_{あたら}しく	➡	新_{あたら}しい	新的	い形容詞
成立_{せいりつ}した	➡	成立_{せいりつ}する	成立	サ行變格動詞
似_にています	➡	似_にる	相似	上一段動詞
生_うまれて	➡	生_うまれる	出生	下一段動詞
入_いれます	➡	入_いれる	加入	下一段動詞
演_{えん}じます	➡	演_{えん}じる	演出	上一段動詞
言_いいます	➡	言_いう	稱作	五段動詞

實用句型

… 成立_{せいりつ}した｜發展出、成立於

原文——江戸時代_{えどじだい}に成立_{せいりつ}した物_{もの}です。（是出現於江戶時期的文物。）

活用——中国_{ちゅうごく}とはちがう独特_{どくとく}の日本刀_{にほんとう}が成立_{せいりつ}しました。
（發展出跟中國不同的日本刀。）

… に似_にています｜類似、相像

原文——歌舞伎_{かぶき}は中国_{ちゅうごく}の京劇_{きょうげき}に似_にています。（歌舞伎類似中國的京劇。）

活用——この子_こはお父_{とう}さんに似_にています。（這孩子很像爸爸。）

… ばかり｜都是、盡是…

原文——子供_{こども}の頃_{ころ}から強制的_{きょうせいてき}に稽古_{けいこ}をしてきた人_{ひと}ばかりです。
（都是從小開始被迫練習戲劇的人。）

活用——どれもすばらしい作品_{さくひん}ばかりです。
（每個作品都很棒。）

芸妓
げいぎ

三味線（左）與舞蹈（右）
是藝妓演出時不可或缺的。

芸妓（げいぎ）は「芸者（げいしゃ）」ともいい、宴会（えんかい）の **1** 接待（せったい）をする職業（しょくぎょう）です。日本料亭（にほんりょうてい）の **2** お座敷（ざしき）で、和服（わふく）を着（き）て歌（うた）や **3** 踊（おど）りを **4** 披露（ひろう）します。あるいは、客（きゃく）に **5** お酌（しゃく）をしたり、話（はなし）をしたりします。

藝妓也稱「藝者」，是一種在宴會裡 **1** 招待客人的職業。在日本高級料理店的 **2** 宴會席上身著和服，**4** 公開表演歌唱和 **3** 舞蹈。或者，幫客人 **5** 斟酒、陪客人聊天。

男性で接客をするのは「**⑥太鼓持ち**」と言います。

⑦現代風に言えば⑧クラブの⑨ホステスや⑩ホストですが、基本的にお座敷以外の場所で芸を披露したり客に**⑪付き合ったり**はしません。

招待客人的男性藝妓叫做「**⑥吹鼓手**」。以**⑦現代的眼光**看來,藝妓類似**⑧俱樂部**的**⑨女招待員**或**⑩男招待員**,不過,基本上他們不會在餐宴之外的場所做表演,或私下與客人**⑪來往**。

また客と同じ席にも**⑫座布団**にも坐らず、**⑬距離をとって⑭下手に坐ります**。今でも京都を中心に伝統芸能として残っています。

而且當藝妓和客人同坐時,他們不會直接坐在**⑫座墊**上,而是稍微**⑬保持距離**,坐在比客人**⑭下方**的位子。現今仍以京都為中心,保存著這項傳統藝能。

重要單字

文章出現的		原形	意義	詞性
着(き)て	➡	着(き)る	穿	上一段動詞
披露(ひろう)します	➡	披露(ひろう)する	公開表演	サ行變格動詞
言(い)えば	➡	言(い)う	說	五段動詞
付(つ)き合(あ)ったり	➡	付(つ)き合(あ)う	與人來往	五段動詞
しません	➡	する	做…	サ行變格動詞
坐(すわ)らず	➡	坐(すわ)る	坐	五段動詞
とって	➡	とる	保持	五段動詞

實用句型

…を披露(ひろう)します｜公開表演

原文——日本料亭(にほんりょうてい)のお座敷(ざしき)で、和服(わふく)を着(き)て歌(うた)や踊(おど)りを披露(ひろう)します。

（在日本高級料理店的宴會席上身穿和服，公開表演歌唱或舞蹈。）

活用——特技(とくぎ)の三味線(しゃみせん)を披露(ひろう)します。（公開表演我所擅長的三味線。）

…に言(い)えば｜以…來說

原文——現代風(げんだいふう)に言(い)えばクラブのホステスやホストですが…

（以現代的眼光來說，像是俱樂部的女招待員或男招待員…）

活用——正直(しょうじき)に言(い)えば、彼(かれ)には才能(さいのう)がありません。（老實說，他沒有才華。）

…を中心(ちゅうしん)｜以…為中心、以…為主

原文——今(いま)でも京都(きょうと)を中心(ちゅうしん)に伝統芸能(でんとうげいのう)として残(の)っています。

（現今仍以京都為中心，保存著這項傳統藝能。）

活用——私(わたし)は文学(ぶんがく)を中心(ちゅうしん)とした中国文化(ちゅうごくぶんか)に興味(きょうみ)があります。

（我對於以文學為中心的中國文化感興趣。）

能
（のう）

「能劇」是戴著面具演出的日本傳統戲劇，
和「歌舞伎」一樣在國際上享有極高的知名度。

能は**1**面をつけて**2**演じる日本の伝統芸能です。中国

と違い、日本では**3**時代ごとの文化が**4**そのまま**5**残っ

ているのが特徴です。能（能楽）や歌舞伎も**6**その一

つです。

「能劇」是一種**1**配戴面具**2**演出的日本傳統戲劇。日本和中國的明顯不
同，在於日本會以**4**原貌**5**留存**3**各時代的文化，能劇（能樂）或「歌
舞伎」都是**6**其中之一。

能は鎌倉時代から室町時代の演劇です。最も新しい江

戸時代の歌舞伎も、最も古い鎌倉時代の能も、**7** どち

らも完備された状態で保存されているのは驚嘆に **8** 値

します。

「能劇」是從「鎌倉時代」到「室町時代」的戲劇，不論是最近期的江戶
時代「歌舞伎」，或是歷史最悠久的鎌倉時代「能劇」，**7** 每一種都被完
整的保存下來，實在 **8** 值得讚嘆。

9 派手で華麗な歌舞伎とは対照的に、動きや **10** 感情表

現が少なく、「幽玄の美」を演出します。無表情の仮

面を **11** つけて、**12** 体の動きで無表情の仮面に表情を

13 映し出すのが特徴です。

和 **9** 花俏華麗的「歌舞伎」相較之下，「能劇」的肢體動作和 **10** 情緒表達
較少，主要傳達一種「玄奧之美」。「能劇」的特徵，是 **11** 戴上沒有表情
的面具，以 **12** 肢體動作 **13** 呈現出沒有表情的面具該有的表情。

文章出現的		原形	意義	詞性
残(のこ)っている	➡	残(のこ)る	留存	五段動詞
完備(かんび)された	➡	完備(かんび)する	完備	サ行變格動詞
保存(ほぞん)されている	➡	保存(ほぞん)する	保存	サ行變格動詞
値(あたい)します	➡	値(あたい)する	值得	サ行變格動詞
少(すく)なく	➡	少(すく)ない	少	い形容詞
つけて	➡	つける	戴上	下一段動詞

實用句型

… そのまま｜按照原樣

原文——日本では時代ごとの文化がそのまま残っているのが特徴です。

（留存各時代的文化原貌，是日本的一大特徵。）

活用——刺身は何の加工も調理もせずにそのまま食べます。

（生魚片不用加工或烹調，直接吃。）

… 最(もっと)も｜最…

原文——最も新しい江戸時代の歌舞伎も…完備された状態で保存されている。（最近期江戸時代的歌舞伎…也都被完整保存。）

活用——この地球上で最も寒いところは南極です。

（地球上最寒冷的地方是南極。）

…に値(あたい)します｜值得、相當於…

原文——どちらも完備された状態で保存されているのは驚嘆に値します。

（每個都被完整保存，十分值得讚嘆。）

活用——昔の一円は公務員一ヶ月の給料に値します。

（以前日幣一圓，相當於公務人員一個月的薪水。）

茶道<ruby>茶道<rt>さ　どう</rt></ruby>

日本「茶道」分成不同的流派，
各流派都採取家族世襲制度，持續傳承茶道文化。

茶道<ruby><rt>さ どう</rt></ruby>は日本<ruby><rt>に ほん</rt></ruby>を代表<ruby><rt>だいひょう</rt></ruby>する伝統芸能<ruby><rt>でんとうげいのう</rt></ruby>の一<ruby><rt>ひと</rt></ruby>つで、**1** 様式<ruby><rt>ようしき</rt></ruby>に

2 のっとって客人<ruby><rt>きゃくじん</rt></ruby>に **3** 茶<ruby><rt>ちゃ</rt></ruby>をふるまう行為<ruby><rt>こう い</rt></ruby>のことです。

茶室<ruby><rt>ちゃしつ</rt></ruby>で和服<ruby><rt>わ ふく</rt></ruby>を着<ruby><rt>き</rt></ruby>て、**4** 畳<ruby><rt>たたみ</rt></ruby>に坐<ruby><rt>すわ</rt></ruby>って **5** 稽古<ruby><rt>けい こ</rt></ruby>をします。

「表千家<ruby><rt>おもてせん け</rt></ruby>」「裏千家<ruby><rt>うらせん け</rt></ruby>」など多<ruby><rt>おお</rt></ruby>くの流派<ruby><rt>りゅう は</rt></ruby>があります。

「茶道」是日本具代表性的傳統技藝之一，就是 **2** 遵照 **1** 儀式為客人 **3** 奉茶的行為。在奉茶的房間內身穿和服，坐在 **4** 塌塌米上 **5** 進行茶道技藝。茶道有「表千家」、「裏千家」等許多流派。

多くの⑥作法や⑦決まりがあります。⑧お茶を出すとき

には「⑨粗茶ですが」とか、飲む方は飲んでから「⑩結

構な⑪お手前です」などと⑫決められた台詞を⑬しゃべ

らないといけません。

有許多既定的⑥禮法步驟及⑦規矩。例如⑧端茶給客人時要說「⑨請喝茶」，喝的一方喝完後⑬一定要說：「⑪您的茶藝⑩真好」等等⑫既定的台詞。

作法も決まりがあり、一つの茶碗を⑭みんなで⑮回し飲

みしたり、茶碗は必ず⑯回してから飲むとか、⑰細か

い決まりを⑱覚えないといけません。

禮法步驟也有一定的規矩，例如⑭大家用一個茶碗⑮輪流喝，茶碗一定要⑯轉動之後再喝等等，⑰瑣碎的規矩⑱必須熟記清楚。

文章出現的		原形	意義	詞性
のっとって	➡	のっとる	遵照	五段動詞
坐_{すわ}って	➡	坐_{すわ}る	坐	五段動詞
決_きめられた	➡	決_きめる	規定	下一段動詞
しゃべらない	➡	しゃべる	說	五段動詞
いけません	➡	いける	可行	下一段動詞
回_{まわ}して	➡	回_{まわ}す	轉動	五段動詞
覚_{おぼ}えない	➡	覚_{おぼ}える	記得	下一段動詞

實用句型

…を代表_{だいひょう}する｜以…為代表

原文——茶道_{さどう}は日本_{にほん}を代表_{だいひょう}する伝統芸能_{でんとうげいのう}の一_{ひと}つで…

（茶道是日本具代表性的傳統技藝之一…）

活用——オリンピックは国_{くに}を代表_{だいひょう}する選手_{せんしゅ}たちで争_{あらそ}います。

（代表國家的選手們在奧運會互相爭霸。）

…て（で）から｜做…之後

原文——飲_のむ方_{ほう}は飲_のんでから「結構_{けっこう}なお手前_{てまえ}です」など…

（喝的一方喝了之後要說「您的茶藝真好」等等…）

活用——食_たべてからすぐ横_{よこ}になるのは体_{からだ}によくありません。

（吃飽後馬上躺下來，對身體不好。）

…ないといけません｜必須

原文——決_きめられた台詞_{せりふ}をしゃべらないといけません。（必須說既定的台詞。）

活用——中_{なか}に入_{はい}るには入場券_{にゅうじょうけん}を買_かわないといけません。（進場必須買入場券。）

華道
（か どう）

「華道（か どう）」、「生（い）け花（ばな）」、「お花（はな）」都是指「花道」，
是一種強調空間設計的美感藝術。

華道（か どう）とは草花（くさばな）や樹木（じゅもく）などの植物材料（しょくぶつざいりょう）を **1** 組（く）み合（あ）わせて構（こう）

成（せい）し、**2** 鑑賞（かんしょう）する芸術（げいじゅつ）です。華道（か どう）も茶道（さ どう）と同（おな）じく、日（に）

本（ほん）の文化（ぶん か）の象徴（しょうちょう）です。

日本「花道」是一種花草樹木等植物花材 **1** 組合構成的 **2** 觀賞造型藝術，
花道和茶道一樣，都是日本文化的象徵。

「③生け花」とか、あるいは単に「お花」などと言います。多くの日本文化がそうであるように、たくさんの流派があり、④それぞれに「⑤家元」と呼ばれる世襲制の⑥宗家制度を⑦とっています。

也可稱作「③插花」或是只說「花」。花道和多數的日本文化一樣，也有許多流派，④各自成為一派「⑤師家」，⑦採取家族世襲的⑥本家制度。

茶道と⑧異なるのは、茶道の作品は飲んだら⑨消えますが、華道の作品は写真などで⑩残しておく事ができるところです。茶道も華道も⑪作法を重視するので「⑫花嫁修業」の一環として、⑬入門する女性が多い事も特徴です。

花道和茶道⑧不同的是，茶道作品喝了就會⑨消失，花道作品可以用照片等形式⑩留存下來。由於茶道和花道都重視⑪禮法規範，常被當作「⑫新娘先修課程」的一環，有許多日本女性⑬拜師學習也是其中的一大特色。

文章出現的		原形	意義	詞性
組<ruby>く</ruby>み合<ruby>あ</ruby>わせて	➡	組<ruby>く</ruby>み合<ruby>あ</ruby>わせる	組合	下一段動詞
言<ruby>い</ruby>います	➡	言<ruby>い</ruby>う	稱作	五段動詞
あり	➡	ある	有(事物)	五段動詞
呼<ruby>よ</ruby>ばれる	➡	呼<ruby>よ</ruby>ぶ	稱為…	五段動詞
とっています	➡	とる	採取	五段動詞
飲<ruby>の</ruby>んだら	➡	飲<ruby>の</ruby>む	喝	五段動詞
消<ruby>き</ruby>えます	➡	消<ruby>き</ruby>える	消失	下一段動詞

實用句型

… たくさん｜許多

原文——多くの日本文化がそうであるように、たくさんの流派があり…
（就像多數的日本文化一樣，有許多流派…）

活用——中国はたくさんの王朝が入れ替わりました。
（中國交替了許多朝代。）

… たら（だら）｜要是…、如果…

原文——茶道の作品は飲んだら消えます。（茶道作品喝了就會消失。）

活用——この本を読んだら感想を聞かせてください。
（如果看完這本書，請說感想給我聽。）

… ておく｜持續著…、事先…

原文——華道の作品は写真などで残しておく事ができるところです。
（花道作品可以用照片等形式留存下來。）

活用——出かける前に夕食を用意しておきます。（出門前先準備好晚餐。）

剣道の起源
<ruby>剣<rt>けん</rt></ruby><ruby>道<rt>どう</rt></ruby>の<ruby>起<rt>き</rt></ruby><ruby>源<rt>げん</rt></ruby>

MP3-45

「日本刀」帶動了日本人對劍術的鑽研，
造就出享有盛名的日本劍道。
劍道的護具包括頭盔、護臂具、護胸、腰垂。

<ruby>鎌倉時代以前<rt>かまくらじだいいぜん</rt></ruby>は、<ruby>中国<rt>ちゅうごく</rt></ruby>と **1** まったく **2** <ruby>同<rt>おな</rt></ruby>じ「<ruby>剣<rt>けん</rt></ruby>」と

「<ruby>刀<rt>かたな</rt></ruby>」を **3** <ruby>用<rt>もち</rt></ruby>いていましたが、それ<ruby>以降<rt>いこう</rt></ruby>はこの<ruby>二<rt>ふた</rt></ruby>つが

4 <ruby>合体<rt>がったい</rt></ruby>した<ruby>独特<rt>どくとく</rt></ruby>の「<ruby>日本刀<rt>にほんとう</rt></ruby>」が **5** <ruby>生<rt>う</rt></ruby>まれました。

「鎌倉時代」之前，日本和中國 **1** 完全 **2** 一樣，都 **3** 使用「劍」或
「刀」，不過後來日本將兩者 **4** 融合，**5** 產生了獨特的「日本刀」。

6 この「日本刀」は「剣」と「刀」の 7 混血なので両

方の名で 8 呼ばれます。日本刀が 9 生み出されてから、

両手で使う独特の技術が発達し、「日本剣術」各流派

と 10 なりました。

6 這種「日本刀」是「劍」與「刀」的 7 混和體，所以兩種 8 稱呼皆可。日本刀 9 出現之後，用兩手握刀的獨特技術也日漸純熟，導致「日本劍術」各家流派的 10 形成。

それが「剣道」として世界に 11 知られることになります

が、12 古流剣術 は今も伝承があります。

因此，也造就出後來在全世界 11 享有盛名的「日本劍道」。不過，日本原有的 12 傳統劍術也仍傳承至今。

文章出現的		原形	意義	詞性
用^{もち}いていました	➡	用^{もち}いる	使用	上一段動詞
合体^{がったい}した	➡	合体^{がったい}する	融合	サ行變格動詞
生^うまれました	➡	生^うまれる	產生	下一段動詞
呼^よばれます	➡	呼^よぶ	稱呼	五段動詞
生^うみ出^だされて	➡	生^うみ出^だす	創造出	五段動詞
発達^{はったつ}し	➡	発達^{はったつ}する	發展	サ行變格動詞
なりました	➡	なる	變成…	五段動詞

實用句型

…を用^{もち}いていました｜使用…

原文──中国^{ちゅうごく}とまったく同^{おな}じ「剣^{けん}」と「刀^{かたな}」を用^{もち}いていました。

（和中國完全相同，都使用「劍」和「刀」。）

活用──以前^{いぜん}この料理^{りょうり}は鯨^{くじら}の肉^{にく}を用^{もち}いていました。（以前這道菜是用鯨魚肉。）

…以降^{いこう}｜之後…

原文──それ以降^{いこう}はこの二^{ふた}つが合体^{がったい}した独特^{どくとく}の「日本刀^{にほんとう}」が生^うまれました。

（在那之後，兩者融合產生出獨特的「日本刀」。）

活用──日本^{にほん}は明治^{めいじ}以降^{いこう}西洋文化^{せいようぶんか}が主流^{しゅりゅう}になりました。

（日本明治時期之後，以西洋文化為主流。）

…で呼^よばれます｜稱呼…

原文──「剣^{けん}」と「刀^{かたな}」の混血^{こんけつ}なので両方^{りょうほう}の名^なで呼^よばれます。

（因為是劍和刀的混和體，因此有兩種稱呼。）

活用──彼女^{かのじょ}は普段^{ふだん}は渾名^{あだな}で呼^よばれます。（平常都用外號叫她。）

柔道の起源
（じゅうどう きげん）

MP3-46

「柔道」起源自「柔術」，
是日本傳統的徒手武術之一，
摔、壓制…等，都是柔道的獨特技術。

日本文化の中で**1**一番世界的に普及しているのは柔道

でしょう。**2**オリンピック**3**競技にもなり、各国の警察

が訓練に**4**取り入れ、世界中の人が練習している**5**も

っとも有名な日本文化です。

柔道應該是全球**1**最普及的日本文化，不僅成為**2**奧林匹克運動會的
3比賽項目，也被**4**列入各國警察的訓練項目，是一種全世界都有學習人
口，**5**極為知名的日本文化。

151

柔道も剣道と同じく無流派ですが、その源流の「柔
術」には各種流派があります。そして、柔術諸流派の
中には、中国から⑥伝来した拳法が⑦元となっている
ものもあります。

柔道和劍道一樣沒有流派之分，不過，柔道的起源——「柔術」就有各種
流派。而且，柔術的眾多流派裡，也有以中國⑥傳來的拳法為⑦基礎的。

しかし、日本人は人を⑧殴ったり蹴ったりすることは
⑨好まなかったので、相撲と同じく⑩段々と⑪投げたり
⑫抑えたりする技術に特化していきました。

不過因為日本人⑨不喜歡⑧拳打腳踢，所以和相撲一樣，⑩逐漸將柔道
的內容轉變為⑪捧、⑫壓制等獨特的技術。

文章出現的		原形	意義	詞性
と　い 取り入れ	➡	と　い 取り入れる	採取、列入	下一段動詞
なぐ 殴ったり	➡	なぐ 殴る	毆打	五段動詞
け 蹴ったり	➡	け 蹴る	踢	五段動詞
この 好まなかった	➡	この 好む	喜好	五段動詞
おさ 抑えたり	➡	おさ 抑える	抑止	下一段動詞
とっか 特化していきました	➡	とっか 特化していく	逐漸特殊化	五段動詞

實用句型

… でしょう｜應該是…

原文——にほんぶんか なか いちばん せかいてき ふきゅう じゅうどう
日本文化の中で一番世界的に普及しているのは柔道でしょう。

（柔道應該是全球最普及的日本文化。）

活用——きょう てんき あした は
今日の天気からすると、明日も晴れでしょう。

（照今天的天氣看來，明天應該也是晴天。）

… もっとも｜最…、極為…

原文——せかいじゅう ひと れんしゅう ゆうめい にほんぶんか
世界中の人が練習しているもっとも有名な日本文化です。

（是全世界都有學習人口，極為知名的日本文化。）

活用——せかい ゆうめい にほんりょうり すし
世界でもっとも有名な日本料理は寿司でしょう。

（全球最有名的日本料理應該是壽司。）

… から伝来した｜從…傳來

原文——ちゅうごく でんらい けんぽう もと
中国から伝来した拳法が元となっているものもあります。

（也有以中國傳來的拳法為基礎的產物。）

活用——でんらい かし げんけい
カステラはポルトガルから伝来したお菓子が原形です。

（蜂蜜蛋糕是以葡萄牙傳來的甜點為雛形。）

空手の起源
からて　きげん

MP3-47

「空手道」以琉球拳法為核心，
分成「首里手」（講究厚重）、
「那霸手」（講究輕快）兩大流派。

これら日本武道の中で、もっとも成立が新しく **1**異端

なのが **2**空手です。**3**まず空手は、日本武術の中では

唯一 **4**突きや **5**蹴りを **6**主体としています。

所有的日本武術中，最新、且**1**不同於主流的，就屬**2**空手道。**3**大致上，空手道是日本武術中，唯一以**4**攻擊和**5**踢腿**6**為主體的運動。

これは、本土ではなく、より中国に[7]近い琉球（沖縄）

で[8]伝承されてきたことにも関係します。空手の[9]元と

なった琉球拳法は、[10]ほぼ中国拳法と同じもので、

這一點，應該和「空手道」並非日本本土的產物，而是從地理位置[7]靠近中國的琉球（沖繩）[8]傳入的有關。空手道的[9]基本是琉球拳法，內容[10]幾乎和中國拳法相同。

中国にも[11]残らなかった[12]古い型を保存しているので

貴重な文化遺産と[13]目されています。また、空手は無

流派ではなく各種の流派が[14]いまだに存在し[15]それぞ

れ発展しています。

但空手道又保留了連中國也[11]沒有完整保存的[12]傳統形式，所以[13]被視為珍貴的文化遺產。另外，空手道並非沒有流派之分，各流派[14]至今仍[15]各自存在，並持續發展中。

文章出現的		原形	意義	詞性
新_{あたら}しく	➡	新_{あたら}しい	新的	い形容詞
しています	➡	する	做…	サ行變格動詞
伝承_{でんしょう}されて	➡	伝承_{でんしょう}する	傳承	サ行變格動詞
関係_{かんけい}します	➡	関係_{かんけい}する	關聯	サ行變格動詞
残_{のこ}らなかった	➡	残_{のこ}る	留存	五段動詞
目_{もく}されています	➡	目_{もく}する	視為…	サ行變格動詞

實用句型

…を主体_{しゅたい}としています｜以…為主

原文——唯一_{ゆいいつ}突_つきや蹴_けりを主体_{しゅたい}としています。

（唯一以攻擊和踢腿為主的。）

活用——このレストランは洋食_{ようしょく}を主体_{しゅたい}としています。

（這家餐廳以西餐為主。）

…ほぼ｜幾乎…

原文——空手_{からて}の元_{もと}となった琉球拳法_{りゅうきゅうけんぽう}は、ほぼ中国拳法_{ちゅうごくけんぽう}と同_{おな}じもので…

（空手道的基本是琉球拳法，幾乎和中國拳法相同…）

活用——一通_{ひととお}りの家庭料理_{かていりょうり}は、ほぼ勉強_{べんきょう}しました。

（大部分的家庭料理幾乎都學過。）

…と目_{もく}されています｜被視為…

原文——貴重_{きちょう}な文化遺産_{ぶんかいさん}と目_{もく}されています。（被視為珍貴的文化遺產。）

活用——彼女_{かのじょ}はオリンピックの金_{きん}メダルの最有力候補_{さいゆうりょくこうほ}と目_{もく}されています。

（她被視為最有希望獲得奧運金牌的選手。）

7 年中行事

一年之中，日本人有許多既定的例行活動，除了民俗節日之外，大多與季節有關。隨著季節安排適合的活動，心情隨季節轉變而起伏，是日本年中行事的最大特徵。

例如，秋天是個適合運動的季節，所以日本每年十月的第二個星期一是「體育節」，許多學校的運動會，大多在這個時候舉行。

每年的夏末初秋，是日本氣候變化最明顯的時節。氣候從高溫炎熱，急遽轉變為晴朗的藍天、清澈的冷空氣，人行道上更是落葉飛舞。面對這樣的外在環境轉變，日本人的心情也隨之起伏，湧現細膩的情感。

所以，這一段時間會讓人特別想聽音樂、觀賞繪畫、或閱讀。這一點，可能是偶爾到日本旅行的外國人不容易察覺的。

大晦日
<ruby>大<rt>おお</rt></ruby><ruby>晦<rt>みそ</rt></ruby><ruby>日<rt>か</rt></ruby>

MP3-48

跨年夜晚上，聽到寺廟敲鐘108下，
對日本人來說，新的一年就開始了。

❶<ruby>大晦日<rt>おおみそか</rt></ruby>の<ruby>夜<rt>よる</rt></ruby>には、その<ruby>年<rt>とし</rt></ruby>の<ruby>最優秀歌手<rt>さいゆうしゅうかしゅ</rt></ruby>を<ruby>一人選<rt>ひとりえら</rt></ruby>ぶ

「**❷**レコード<ruby>大賞<rt>たいしょう</rt></ruby>」の**❸**<ruby>受賞者<rt>じゅしょうしゃ</rt></ruby>が<ruby>発表<rt>はっぴょう</rt></ruby>されます。<ruby>日本<rt>にほん</rt></ruby>

の<ruby>歌手<rt>かしゅ</rt></ruby>にとっては**❹**<ruby>最高<rt>さいこう</rt></ruby>の<ruby>晴<rt>は</rt></ruby>れ<ruby>舞台<rt>ぶたい</rt></ruby>です。

日本**❶跨年夜**時，會揭曉一位該年度所選出的最優秀歌手，也就是「**❷唱片大賞**」的**❸得獎者**。對日本歌手而言，這是**❹最崇高的榮耀**。

そしてその後(ご)からはNHKで「紅白歌合戦(こうはくうたがっせん)」が⑤放送(ほうそう)されます。これも、その年(とし)に⑥ヒットを出(だ)した歌手(かしゅ)が紅白(こうはく)（女(おんな)・男(おとこ)）に⑦分(わ)かれて歌(うた)を⑧競(きそ)い合(あ)う⑨番組(ばんぐみ)です。

毎年70％もの(まいとしななじゅうパーセント)⑩高視聴率(こうしちょうりつ)を獲得(かくとく)します。

緊接著，NHK電視台便開始⑤播放「紅白歌唱大賽」。這是一個由該年度的⑥暢銷歌手⑦分成紅白兩隊（女生紅隊，男生白隊），⑧互相競技歌唱的⑨節目。在日本，每年都有高達70%的⑩高收視率。

その後(ご)、夜(よる)の12時(じゅうじ)くらいからお寺(てら)で⑪煩悩(ぼんのう)の数(かず)といわれる百八回(ひゃくはちかい)の「除夜(じょや)の鐘(かね)」を⑫撞(つ)きます。その頃(ころ)に「⑬年越(としこ)し蕎麦(そば)」を食(た)べて新年(しんねん)を迎(むか)えます。

之後，晚上十二點左右開始，寺廟會⑫敲「除夕夜之鐘」108下，象徵108種⑪煩惱。在這同時日本人會吃「⑬跨年蕎麥麵」迎接新的一年到來。

重要單字

文章出現的		原形	意義	詞性
はっぴょう 発表されます	➡	はっぴょう 発表する	發表	サ行變格動詞
ほうそう 放送されます	➡	ほうそう 放送する	播放	サ行變格動詞
だ 出した	➡	だ 出す	推出	五段動詞
わ 分かれて	➡	わ 分かれる	分開	下一段動詞
かくとく 獲得します	➡	かくとく 獲得する	獲得	サ行變格動詞
つ 撞きます	➡	つ 撞く	敲、撞	五段動詞
た 食べて	➡	た 食べる	吃	下一段動詞

實用句型

はっぴょう
…発表されます｜揭曉、發表、公布

たいしょう　　　　じゅしょうしゃ　　はっぴょう
原文──「レコード大賞」の受賞者が発表されます。

（揭曉「日本唱片大賞」的得獎者。）

ごうかくしゃ　　しんぶん　　はっぴょう
活用──合格者は新聞で発表されます。（在報紙上公布錄取名單。）

…にとって｜對…而言

にほん　　かしゅ　　　　　　　　さいこう　　は　ぶたい
原文──日本の歌手にとっては最高の晴れ舞台です。

（對日本歌手而言是最崇高盛大的舞台。）

はいゆう　　　　　　　　　　　　　　しょう　と　　　　　　さいだい　えいよ
活用──俳優にとってアカデミー賞を取ることは最大の栄誉です。

（對演員來說，獲得奧斯卡獎是最高榮譽。）

むか
…を迎えます｜迎接…到來

としこ　そ ば　　た　　しんねん　むか
原文──「年越し蕎麦」を食べて新年を迎えます。（吃「跨年蕎麥麵」迎接新年。）

かれ　　　　　　　　　　かんれき　むか
活用──彼はめでたく還暦を迎えました。（他過了六十大壽，可喜可賀。）

初詣
はつ もうで

MP3-49

日本人最喜歡到「明治神宮」新年參拜，
每年新曆一月一日～三日這三天，
參拜人數往往突破三百萬人。

❶初詣とは新年の時に神社に❷お参りに行く事です。

女性は❸振袖を着ていくことが多いです。

❶新年參拜是指日本人新年時前往神社❷參拜的事。日本女性大多會穿著❸振袖（一種未婚女性穿的長袖寬擺和服）前往神社。

参拝して、絵馬に**4**願い事を書いたり、**5**破魔矢を買っ
たり、**6**御神籤を引いたりします。これらは**7**無料なの
ではなく、ちゃんと**8**値段がついています。毎年一番
多くの人が**9**訪れるのは「明治神宮」で、警備の人が
10大勢います。

參拜後，還會在「繪馬」（讓人寫下願望的圖繪木板）上**4**寫下新年希
望，並**5**購買避邪箭、**6**求廟籤。這些並不是**7**免費的，每一種都有清
楚的**8**標示價格。每年最多人**9**到訪的就是「明治神宮」，都有**10**大批
員警加強戒備。

人が多すぎて**11**迷子になったり、神前まで**12**たどり着
けずに**13**賽銭を**14**遠くから投げて人の頭に**15**当たった
り、賽銭箱に**16**お金が入りすぎて壊れたりします。

因為人潮太多，常發生**11**孩童走失，或是**12**沒辦法擠到神像前，直接
14從遠處拋投**13**香油錢卻不慎**15**砸中別人的頭，以及**16**捐贈太踴躍導致
香油錢箱故障的事情。

文章出現的		原形	意義	詞性
さんぱい 参拝して	➡	さんぱい 参拝する	參拜(神佛)	サ行變格動詞
か 書いたり	➡	か 書く	寫	五段動詞
か 買ったり	➡	か 買う	買	五段動詞
ひ 引いたり	➡	ひ 引く	抽取	五段動詞
たどり着けず	➡	たどり着く	到達	五段動詞
な 投げて	➡	な 投げる	丟擲	下一段動詞
あ 当たったり	➡	あ 当たる	碰上、撞上	五段動詞

實用句型

… が多い｜很多、大多是…

原文——女性は振袖を着ていくことが多いです。（女性大多穿長袖和服前往。）

活用——彼女はいつもいいわけが多いです。（她總是有很多藉口。）

… ちゃんと｜確實、好好地

原文——これらは無料なのではなく、ちゃんと値段がついています。

　　　　（這些不是免費，都有清楚的標示價格。）

活用——練習をちゃんとやれば、誰でも上達できます。

　　　　（只要好好地練習，任何人都會進步。）

… から｜從…、距離…

原文——賽銭を遠くから投げて人の頭に当たったり…

　　　　（從遠處丟香油錢，丟到別人的頭上…）

活用——近くから通っているので歩いて通勤しています。

　　　　（因為從近處往返，所以走路上班。）

節分
せつ ぶん

日本的「鬼」與「福豆」。
「節分」時會一邊灑豆子，一邊說「鬼滾開，福進來」。
據說如果姓氏有「鬼」字的人，會說「鬼也進來」。

節分は、立春・立夏・立秋・立冬の前の日のことです
せつぶん　　りっしゅん　りっか　りっしゅう　りっとう　まえ　ひ

が、特に立春の■前の日を言います。
とく　りっしゅん　　まえ ひ い

立春、立夏、立秋、立冬的前一天都叫「節分」，不過通常特別指立春的
■前一天。

この日は、**2**鬼（災い）を払うために、**3**煎り豆を撒
きます。「**4**鬼は外」「**5**福は内」と**6**言いながら、家
の中と外の両方に撒きます。撒いた後には、自分の年の
数だけ豆を食べると**7**厄除けできると言います。

這一天，要**3**撒煎豆來**2**驅鬼（驅災）。嘴裡**6**一邊唸著「**4**鬼滾開」
「**5**福進來」，一邊在家中裡裡外外都撒豆子。撒完之後，據說只要吃下
自己歲數的豆子數量，就**7**能夠消災解厄。

しかし実際には、子供が七つや八つで満足するわけはな
く、**8**口いっぱいに**9**頬張ります。反対に**10**年寄りは
11歯が弱いので硬い煎り豆を年の数までは食べない事が
多いです。

但是實際情況往往是小孩子吃七、八個豆子根本不滿足，經常是**8**滿嘴豆
子，**9**雙頰都塞得鼓鼓的。而**10**老人家反而因為**11**牙齒不好，大多沒辦
法吃完和自己歲數一樣多的硬煎豆。

重要單字

文章出現的		原形	意義	詞性
言います い	➡	言う い	說	五段動詞
煎り い	➡	煎る い	煎	五段動詞
撒きます ま	➡	撒く ま	撒、散佈	五段動詞
言いながら い	➡	言う い	說	五段動詞
厄除けできる やくよ	➡	厄除けする やくよ	消災解厄	サ行變格動詞
頬張ります ほおば	➡	頬張る ほおば	嘴裡塞滿	五段動詞

實用句型

… 後に｜…之後
あと

原文——撒いた後には、自分の年の数だけ豆を食べる…
ま　　あと　　　　じぶん　とし　かず　　まめ　た

（撒完之後，吃下自己年齡數的豆子…）

活用——汗をかいた後には、水分を補給しないといけません。
あせ　　　　あと　　　すいぶん　ほきゅう

（流汗後必須補充水份。）

… 実際に｜實際上
じっさい

原文——実際には、子供が七つや八つで満足するわけはなく…
じっさい　　こども　なな　やっ　まんぞく

（事實上，小孩子只吃七八個豆子根本不夠…）

活用——テレビの会話は、実際には台本があるので、出演者は自分の意
かいわ　じっさい　だいほん　　　　　　しゅつえんしゃ　じぶん　い
見を発言しているわけではありません。
けん　はつげん

（事實上，電視節目中所說的話都有劇本，並非演出者自己的意見。）

… いっぱいに｜充滿

原文——口いっぱいに頬張ります。（嘴裡塞得滿滿的。）
くち　　　　　　　ほおば

活用——空いっぱいに広がる青空を見ると気持ちがよくなります。
そら　　　　　　ひろ　　あおぞら　み　　きも

（看著滿天晴空萬里，心情很舒暢。）

雛<ruby>ひな</ruby>祭<ruby>まつ</ruby>り

MP3-51

「女兒節」時日本家庭會擺設「雛壇」，
雛壇上有「雛人偶」及裝飾品。
較隆重的雛壇甚至有七層，
最上層的「雛人偶」左邊是日本天皇，右邊是皇后。

1 雛<ruby>ひなまつ</ruby>祭りは 女<ruby>おんな</ruby>の子<ruby>こ</ruby>の日<ruby>ひ</ruby>です。しかし 祝<ruby>しゅくじつ</ruby>日にはなりませ

ん。2 元々<ruby>もともと</ruby>は 3 桃<ruby>もも</ruby>の節句<ruby>せっく</ruby>でした。以前<ruby>いぜん</ruby>は 4 桃<ruby>もも</ruby>の花<ruby>はな</ruby>が咲<ruby>さ</ruby>く

旧暦<ruby>きゅうれき</ruby>の三月<ruby>さんがつ</ruby>三日<ruby>みっか</ruby>でしたが、今<ruby>いま</ruby>は 5 太陽暦<ruby>たいようれき</ruby>で 6 やります。

1 女兒節是女孩子的節日，但這一天並不是國定假日。女兒節 2 原本是
3 桃花節，從前是在 4 桃花盛開的農曆三月三日慶祝，現在則在 5 國曆
6 舉行。

雛壇に [7] 雛人形を飾り、桃の花、お酒、[8] 菱餅、[9] 雛霰

などを [10] 添えます。雛人形の「雛」とは日本語では小鳥

の事で、「小さい」「[11] 可愛らしい」と言う意味です。

女兒節的雛壇上會 [10] 擺放 [7] 雛人偶、桃花、酒、[8] 菱形年糕、[9] 女兒節米果等。雛人偶的「雛」在日語中的意思是小鳥，有「小巧」「[11] 可愛」的意思。

[12] 鯉幟とちがって雛人形は室内に飾るため、

[13] いまだに飾る家庭が多いです。いい [14] 人形セットに

なるほど人形が精巧で人数も多く、[15] 段数も多くなり

ます。

和 [12] 鯉魚旗不同的是，雛人偶是擺飾在室內的，所以 [13] 至今仍有許多家庭擺放。越高級的 [14] 人偶組做工越精巧，人偶個數越多，雛壇的 [15] 層數也越多。

文章出現的		原形	意義	詞性
なりません	➡	なる	成為…	五段動詞
やります	➡	やる	舉行	五段動詞
飾り かざ	➡	飾る かざ	裝飾	五段動詞
添えます そ	➡	添える そ	附上、添加	下一段動詞
ちがって	➡	ちがう	不同	五段動詞
多く おお	➡	多い おお	多	い形容詞
なります	➡	なる	變成…	五段動詞

實用句型

… にはなりません｜沒有成為…

原文——しかし祝日にはなりません。（可是並不是國定假日。）
しゅくじつ

活用——追い風が強いので、今日の記録は新記録にはなりません。
お　かぜ　つよ　　　　　きょう　きろく　しんきろく

（因為順風風勢過強，今天的創記錄不被承認。）

… を飾ります｜擺出
かざ

原文——雛壇に雛人形を飾り…（在女兒節的雛壇上擺上雛人偶…）
ひなだん　ひなにんぎょう　かざ

活用——机の上に恋人の写真を飾ります。（在桌上放情人的照片。）
つくえ　うえ　こいびと　しゃしん　かざ

… を添えます｜附加上…
そ

原文——桃の花、お酒、菱餅、雛霰などを添えます。
もも　はな　さけ　ひしもち　ひなあられ　　　　　そ

（並加上桃花、酒、菱形年糕、女兒節米果等。）

活用——茶道ではお茶碗を持つときに必ず片手を添えます。
さどう　　　ちゃわん　も　　　　　かなら　かたて　そ

（茶道規定端著茶碗時，另一隻手要從旁扶著。）

たなばた
七夕

在日本，「七夕」是祈求願望實現的節日。
大家會將心願寫在「短冊」，
再掛到細竹葉上，
這是日本人慶祝七夕特有的習慣。

たなばた　きげん　ちゅうごく　しんわ　　　　　　　　　あま　がわ　　へだ
七夕の起源は中国の神話です。 ■1 天の川を ■2 隔てて、

ひこぼし　　おりひめ　いちねん　いちど　あ　ひ
■3 彦星と ■4 織姫が一年に一度 ■5 会う日です。

七夕源自於中國神話。 ■2 隔著 ■1 銀河，這一天是 ■3 牛郎和 ■4 織女一年一
度 ■5 相見的日子。

だから中国では6恋人の日ですが、日本では7ちがい

ます。8端午の節句が9こどもの日となったように、七

夕も日本では10願いがかなう日と11変貌しました。

因此中國的七夕是6情人節，但在日本7不一樣。就像8端午節轉變成
日本的9兒童節一樣，七夕在日本也11改變型態變成10祈求願望實現的
節日。

それで、「12短冊」と呼ばれる紙に願い事を書いて、

13笹の葉に14つるします。現在では新暦でやりますが、

天気が悪い日が多く天の川が15見えない事が多いです。

それで、16いまだに旧暦のときに17行なう18ところも

あります。

於是，日本人會將心願寫在叫做「12短冊」的紙箋，再將紙箋14掛在
13細竹葉上。目前日本人在國曆（七月七日）慶祝七夕，不過因為國曆七
月常常因為氣候不佳而15看不到銀河，所以16現在仍有一些18地方是在
農曆17舉行慶祝活動。

文章出現的		原形	意義	詞性
<ruby>隔<rt>へだ</rt></ruby>てて	➡	<ruby>隔<rt>へだ</rt></ruby>てる	間隔	下一段動詞
ちがいます	➡	ちがう	不同	五段動詞
<ruby>変貌<rt>へんぼう</rt></ruby>しました	➡	<ruby>変貌<rt>へんぼう</rt></ruby>する	改變面貌	サ行變格動詞
<ruby>書<rt>か</rt></ruby>いて	➡	<ruby>書<rt>か</rt></ruby>く	寫	五段動詞
つるします	➡	つるす	懸掛	五段動詞
<ruby>見<rt>み</rt></ruby>えない	➡	<ruby>見<rt>み</rt></ruby>える	看得到	下一段動詞

實用句型

…を<ruby>隔<rt>へだ</rt></ruby>てて｜相隔

原文——<ruby>天<rt>あま</rt></ruby>の<ruby>川<rt>がわ</rt></ruby>を<ruby>隔<rt>へだ</rt></ruby>てて、<ruby>彦星<rt>ひこぼし</rt></ruby>と<ruby>織姫<rt>おりひめ</rt></ruby>が<ruby>一年<rt>いちねん</rt></ruby>に<ruby>一度<rt>いちど</rt></ruby><ruby>会<rt>あ</rt></ruby>う<ruby>日<rt>ひ</rt></ruby>です。

（隔著銀河，這一天是牛郎與織女一年一度的相見日。）

活用——<ruby>海<rt>うみ</rt></ruby>を<ruby>隔<rt>へだ</rt></ruby>てて、<ruby>台湾<rt>たいわん</rt></ruby>の<ruby>最北部<rt>さいほくぶ</rt></ruby>からは<ruby>沖縄<rt>おきなわ</rt></ruby>が<ruby>見<rt>み</rt></ruby>えます。

（隔著大海，從台灣的最北部可以看到沖繩。）

…と<ruby>変貌<rt>へんぼう</rt></ruby>します｜改變面貌

原文——<ruby>日本<rt>にほん</rt></ruby>では「<ruby>願<rt>ねが</rt></ruby>いがかなう<ruby>日<rt>ひ</rt></ruby>」と<ruby>変貌<rt>へんぼう</rt></ruby>しました。

（在日本變成「祈願之日」。）

活用——<ruby>多<rt>おお</rt></ruby>くの<ruby>有名人<rt>ゆうめいじん</rt></ruby>は<ruby>素顔<rt>すがお</rt></ruby>は<ruby>別人<rt>べつじん</rt></ruby>で、<ruby>化粧<rt>けしょう</rt></ruby>によってスターへと<ruby>変貌<rt>へんぼう</rt></ruby>します。（很多名人素顏時判若兩人，一化妝馬上變成明星。）

…でやります｜在…舉行

原文——<ruby>現在<rt>げんざい</rt></ruby>では<ruby>新暦<rt>しんれき</rt></ruby>でやりますが、<ruby>天気<rt>てんき</rt></ruby>が<ruby>悪<rt>わる</rt></ruby>い<ruby>日<rt>ひ</rt></ruby>が<ruby>多<rt>おお</rt></ruby>く…

（目前雖在國曆慶祝，不過常常因為氣候不佳…）

活用——<ruby>雨<rt>あめ</rt></ruby>が<ruby>心配<rt>しんぱい</rt></ruby>なので、<ruby>試合<rt>しあい</rt></ruby>はドーム<ruby>付<rt>づ</rt></ruby>きの<ruby>室内運動場<rt>しつないうんどうじょう</rt></ruby>でやります。

（因為擔心下雨，所以比賽就在有圓頂的室內運動場舉行。）

お盆
<ruby>盆<rt>ぼん</rt></ruby>

日本有些地方是採用「放河燈」的方式送回祖先亡靈，
將燈籠拋入河流，
象徵祖先乘著燈籠回去。

1 お<ruby>盆<rt>ぼん</rt></ruby>は **2** <ruby>先祖<rt>せんぞ</rt></ruby>を<ruby>祭<rt>まつ</rt></ruby>る **3** <ruby>行事<rt>ぎょうじ</rt></ruby>です。<ruby>正式<rt>せいしき</rt></ruby>には「<ruby>盂蘭盆<rt>うらんぼん</rt></ruby>

<ruby>会<rt>かい</rt></ruby>」と<ruby>言<rt>い</rt></ruby>います。<ruby>夏<rt>なつ</rt></ruby>のときに、<ruby>先祖<rt>せんぞ</rt></ruby>の<ruby>霊<rt>れい</rt></ruby>を **4** <ruby>出迎<rt>でむか</rt></ruby>えて

5 <ruby>一緒<rt>いっしょ</rt></ruby>に<ruby>過<rt>す</rt></ruby>ごし、また **6** <ruby>送<rt>おく</rt></ruby>って<ruby>帰<rt>かえ</rt></ruby>します。

1 盂蘭盆節是 **2** 祭拜祖先的 **3** 例行節日，正式名稱叫做「盂蘭盆會」。
日本人在夏季時 **4** 迎接祖先的亡靈回來 **5** 一同生活，之後再將祖先 **6** 送
回。

7 迎え火を焚いて先祖が帰ってきて何日かを一緒に過ご

し、近くの神社で 8 盆踊りなどをして一緒に遊び、最後

は「 9 送り火」で帰します。その時に、 10 ナスや 11 きゅ

うりで作った馬を小船に乗せて 12 川から流します。

7 焚燒迎神火迎接祖先歸來後，和祖先共同生活幾天，甚至也到附近的神
社跳 8 盂蘭盆舞，一起玩樂慶祝，最後再燒「 9 送神火」將祖先送回。此
時，會將 10 茄子或 11 小黃瓜所做成的馬匹放到小船上，讓它 12 隨著河川
流走。

先祖は 13 大切なので、盆と 14 正月は会社も学校も休みに

なります。故郷がある人はそこに帰るので「 15 帰省ラッ

シュ」と言って必ず 16 混みます。

因為祭祖的 13 重要，所以盂蘭盆節和 14 過年期間，日本的公司和學校都
放假。有老家的人會利用這段時間返鄉，因此會出現所謂的「 15 返鄉尖
峰」，到處都 16 十分擁擠。

文章出現的		原形	意義	詞性
過^すごし	➡	過^すごす	度過	五段動詞
送^{おく}って	➡	送^{おく}る	送行	五段動詞
帰^{かえ}します	➡	帰^{かえ}す	讓…回去	五段動詞
焚^たいて	➡	焚^たく	焚燒	五段動詞
作^{つく}った	➡	作^{つく}る	製作	五段動詞
流^{なが}します	➡	流^{なが}す	使流走	五段動詞
混^こみます	➡	混^こむ	擁擠	五段動詞

實用句型

… 一緒^{いっしょ}に｜一起

原文——近^{ちか}くの神社^{じんじゃ}で盆踊^{ぼんおど}りなどをして一緒^{いっしょ}に遊^{あそ}びます。

（在附近的神社跳盂蘭盆舞，一同玩樂慶祝。）

活用——正式^{せいしき}な和食^{わしょく}ではすべてのおかずを 必^{かなら}ずご飯^{はん}と一緒^{いっしょ}に食^たべます。

（正式的日本料理中，所有的菜都要配飯一起吃。）

… に乗^のせる｜放在…上面

原文——ナスやきゅうりで作^{つく}った馬^{うま}を小船^{こぶね}に乗^のせて川^{かわ}から流^{なが}します。

（將茄子或小黃瓜做成的馬放到小船上，讓它隨著河水流走。）

活用——荷物^{にもつ}が邪魔^{じゃま}なので網棚^{あみだな}に乗^のせます。（行李造成妨礙，把它放到網架上。）

… 必^{かなら}ず｜必定

原文——「帰省^{きせい}ラッシュ」と言^いって 必^{かなら}ず混^こみます。

（「返鄉尖峰期間」必定人潮擁擠。）

活用——東京^{とうきょう}は雪^{ゆき}が降^ふると 必^{かなら}ず交通^{こうつう}が麻痺^{まひ}します。（東京一下雪，交通必癱瘓。）

月見
つき み

宛如滿月形狀的「月見餅」，
是日本人賞月時必備的；
欣賞月亮之美，也是東方人才有的風俗習慣。

❶月見とは旧暦八月十五日の「中秋の名月」を観賞する行事です。美しい満月を❷楽しむ❸風潮は中国と同じです。

❶賞月是指農曆八月十五日觀賞「中秋名月」的例行活動，日本人❷陶醉於美麗滿月的❸風氣，和中國人是一樣的。

月には④兎がいるなどの伝説や、中国の姮娥と同じよ

うに、日本にも⑤かぐや姫が月に⑥帰った伝説がありま

す。月見の時には、満月の形を⑦模した⑧丸い月見餅

や芒や、お酒を⑨供えます。

類似月亮上④有玉兔的傳說，以及中國的嫦娥奔月，日本也有⑤竹取公主
⑥回到月亮的故事。日本人賞月時，會⑨供奉⑦仿造滿月形狀的⑧圓形
月見餅、芒草和酒。

月見餅は、柏餅のように餡は入っていなくて、⑩団子

のような物です。そのままでも⑪甘味がありますが、

⑫好みによっては⑬黄粉や餡子を⑭つけて食べます。

月見餅不像柏餅有包餡，是像⑩糯米糰子一樣的點心。直接吃有⑪甜味，
也能⑫依照個人喜好⑭沾取⑬黃豆粉或餡料一起吃。

重要單字

文章出現的		原形	意義	詞性
帰_{かえ}った	➡	帰_{かえ}る	回去	五段動詞
模_もした	➡	模_もする	仿造	サ行變格動詞
供_{そな}えます	➡	供_{そな}える	供奉	下一段動詞
入_{はい}っていなくて	➡	入_{はい}る	含有	五段動詞
よって	➡	よる	根據	五段動詞
つけて	➡	つける	沾上	下一段動詞

實用句型

… 楽_{たの}しむ｜欣賞、享受

原文——美_{うつく}しい満月_{まんげつ}を楽_{たの}しむ風潮_{ふうちょう}は中国_{ちゅうごく}と同_{おな}じです。

（欣賞美麗滿月的風氣，和中國人一樣。）

活用——日本人_{にほんじん}は浴槽_{よくそう}に浸_つかる事_{こと}そのものを娯楽_{ごらく}として楽_{たの}しみます。

（日本人把泡澡當作娛樂般享受。）

… を模_もした｜以…為模型、仿製

原文——満月_{まんげつ}の形_{かたち}を模_もした丸_{まる}い月見餅_{つきみもち}や芒_{すすき}や、お酒_{さけ}を供_{そな}えます。

（供奉仿造滿月形狀的圓形月見餅、芒草和酒。）

活用——本物_{ほんもの}の拳銃_{けんじゅう}を模_もしたおもちゃを「モデルガン」と呼_よびます。

（仿真槍做成的玩具叫做「模型槍」。）

… をつけて｜沾、塗抹

原文——好_{この}みによっては黄粉_{きなこ}や餡子_{あんこ}をつけて食_たべます。

（根據個人喜好沾取黃豆粉或餡料一起吃。）

活用——パンにジャムをつけて食_たべます。（在麵包上塗果醬吃。）

七五三
しち ご さん

MP3-55

「七五三節」時小朋友到神社參拜結束，
會習慣性買「千歲飴」。
不過「千歲飴」對現代的孩子來說，
應該不覺得特別好吃。

1 七五三は、**2** 子供の行事です。 女の子は七歳と三
しち ご さん　　　　　こ ども　ぎょう じ　　　おんな　こ　しちさい　さん

歳、男の子は五歳のときにします。
さい　おとこ　こ　ご さい

1 「七五三節」是 **2** 小孩子的例行儀式，女孩子在七歲和三歲時舉行，男
孩子則在五歲時舉行。

③昔は子供の死亡率が高かったので、④無事に成長

したことを⑤祝うために⑥始められました。以前は⑦

旧暦の十一月十五日に行なわれ、化粧をしたり大人の

⑧着物を⑨身に着けたりしました。

因為③早期孩童的死亡率高，⑤為了保佑孩子能夠④平安長大，因而⑥開始有這種儀式。過去是在⑦農曆的十一月十五日舉行，參加的孩子臉上會上妝，並⑨穿上大人的⑧和服。

現代では、十一月の休日に、⑩正装して（和服が多

い）神社にお参りし、健康と長寿を⑪祈ります。⑫帰

りには、神社で「千歳飴」を買って食べます。これは、

長寿を願う紅白の⑬長い飴です。

演變至今，則變成在十一月的某個休假日，小孩們⑩盛裝打扮（大多穿和服）到神社參拜，⑪祈禱健康長壽。⑫回程時，會在神社買「千歲飴」來吃，這是一種祈願長壽、紅白相間的⑬長條糖果。

重要單字

文章出現的		原形	意義	詞性
高かった	➡	高い	高的	い形容詞
成長した	➡	成長する	成長	サ行變格動詞
始められました	➡	始める	開始	下一段動詞
行なわれ	➡	行なう	舉行	五段動詞
着けたり	➡	着ける	穿在身上	下一段動詞
祈ります	➡	祈る	祈禱	五段動詞
買って	➡	買う	買	五段動詞

實用句型

…の行事｜歷年行事

原文——七五三は、子供の行事です。（七五三節是小孩子的例行儀式。）

活用——豆まきは、二月三日の行事です。

（灑豆子是二月三號的例行儀式。）

…始められました｜開始

原文——無事に成長したことを祝うために始められました。

（為了保佑他們能夠平安長大，因而開始有這種儀式。）

活用——ボーナス制度が会社で始められました。

（公司開始實行獎金制度。）

…を祈ります｜祈禱、祈求

原文——健康と長寿を祈ります。（祈求健康和長壽。）

活用——神社へ行って合格を祈ります。（到神社參拜祈求能夠合格。）

日本の休日
にほん きゅうじつ

「盂蘭盆節」時，日本人會返鄉祭祖，
並聚集在廣場跳「盂蘭盆舞」。

1アジアの国々には、**2**旧正月以外に連休が**3**ないよ
くにぐに　　　　　　　きゅうしょうがつ いがい　れんきゅう

うな国もあります。**4**しかし日本には大体一年に三回連
くに　　　　　　　　　　　　にほん　　だいたいいちねん　さんかいれん

休があります。
きゅう

1亞洲各國當中，有些國家除了**2**農曆過年之外，幾乎**3**沒有其他連續
假期。**4**不過，日本一年大約有三次連續假期。

正月休み、**5**ゴールデンウィーク（黄金週間）、**6**夏
休み（お盆）です。ゴールデンウィークは**7**偶然**8**祝
日が**9**重なってできたもので、七日のうち四日も休みに
なります。

這三次分別是元月假期、**5**黃金週、以及**6**暑假（盂蘭盆節）。其中，黃金週是指**7**剛好有好幾個**8**節日**9**接連出現，在七天之中有四天是節日的休假。

10会社によっては間の**11**平日も休みにしたり、**12**有給
休暇を使えば一週間の連休になります。日本の祝日
はアジア諸国の平均よりも多く、**13**勤務時間も短いで
す。しかし**14**ヨーロッパの休みはアジアよりも**15**もっと
多いです。

10依各公司不同，有些七天之中的**11**非假日也一併放假；**12**如果請年假，也能連休一個禮拜。平均而言，日本的國定假日比亞洲各國多，**13**工作時間也比較短。不過，**14**歐洲國家的休假日又比亞洲各國**15**更多。

文章出現的		原形	意義	詞性
あります	➡	ある	有（事物）	五段動詞
重_{かさ}なって	➡	重_{かさ}なる	接連	五段動詞
できた	➡	できる	形成	上一段動詞
よって	➡	よる	根據	五段動詞
したり	➡	する	做…	サ行變格動詞
使_{つか}えば	➡	使_{つか}う	使用	五段動詞
なります	➡	なる	變成…	五段動詞

實用句型

… によっては ｜ 依照…

原文——会社_{かいしゃ}によっては 間_{あいだ} の平日_{へいじつ}も休_{やす}みにしたり…

（依各公司不同，有些其中的非假日也放假…）

活用——日本人_{にほんじん}でも人_{ひと}によってはお風呂_{ふろ}に入_{はい}るのが嫌_{きら}いでシャワーだけの
人_{ひと}もいます。（日本人也因人而異，也有不喜歡泡澡，只用淋浴的。）

… のうち ｜ …之內

原文——七日_{なのか}のうち四日_{よっか}も休_{やす}みになります。（七天之內有四天是假日。）

活用——台湾_{たいわん}では 一年_{いちねん}のうち半分_{はんぶん}くらいが夏_{なつ}です。

（台灣一年之中大約有一半是夏天。）

… もっと ｜ 更加

原文——ヨーロッパの休_{やす}みはアジアよりももっと多_{おお}いです。

（歐洲國家的假日比亞洲更多。）

活用——今_{いま}よりもっともっと成功_{せいこう}したいです。（我想比現在更成功。）

對於日本人來說，櫻花盛開的四月，
是一切新的開始。

日本で **1**就学した子供が海外の学校に **2**編入するとき
_{に ほん} _{しゅうがく} _{こ ども} _{かいがい} _{がっこう} _{へんにゅう}

には期間に差があるため **3**面倒なのですが、日本人にと
_{き かん さ} _{めんどう} _{に ほんじん}

っては **4**九月から学校や **5**会社が **6**始まるなんて **7**とて
_{く がつ} _{がっこう} _{かいしゃ} _{はじ}

も受け入れがたいのです。
_{う い}

原本在日本 **1**就學的小孩，一旦要 **2**插班就讀國外學校時，往往因為有學
期上的落差，而變得非常 **3**麻煩。對日本人來說，**7**實在很難接受學校或
5公司的新年度是 **4**從九月 **6**開始這件事。

8 どうしてでしょうか？それは、季節の初めが春夏秋冬、と春から始まるからです。夏から始まる一年なんて 9 想像できません。

8 為什麼會這樣子呢？那是因為季節的展開是春夏秋冬，所以，「春天」就是一個開始。如果把夏天當成一年的開始，日本人根本 9 **無法想像**這是怎麼一回事。

そして、春の象徴が日本の国花、桜です。桜の花が 10 咲き乱れる四月、11 希望に胸を膨らませて学校や会社に入り、新しい生活を始めるのが最適と、多くの日本人は 12 心に決まっているのです。

而且，象徵春天的又是日本的國花——櫻花，所以多數日本人 12 **心裡認定**，在櫻花 10 **盛開**的四月，11 **滿懷希望**的入學、或進入職場、展開新生活，是最適合不過的了。

重要單字

文章出現的		原形	意義	詞性
しゅうがく 就学した	➡	しゅうがく 就学する	就學	サ行變格動詞
う い 受け入れがたい	➡	う い 受け入れる	接受	下一段動詞
そうぞう 想像できません	➡	そうぞう 想像する	想像	サ行變格動詞
ふく 膨らませて	➡	ふく 膨らます	使鼓起來	五段動詞
はい 入り	➡	はい 入る	進入	五段動詞
あたら 新しい	➡	あたら 新しい	新的	い形容詞
き 決まっている	➡	き 決まる	決定	五段動詞

實用句型

… ため｜因為、為了…

原文——編入するときには期間に差があるため面倒なのです。
　　　（插班就讀時因為有學期上的落差，而變得非常麻煩。）

活用——彼のためにチョコレートを作りました。（為他作了巧克力。）

… なんて… がたい｜…的事，難以…

原文——九月から学校や会社が始まるなんてとても受け入れがたいのです。
　　　（實在很難接受學校或公司居然是從九月開始。）

活用——顔の中にダニが住んでいるなんて、信じがたいです。
　　　（真的很難相信，臉上居然長虱子。）

… 決まっている｜必定、決定

原文——多くの日本人は心に決まっているのです。（多數日本人心裡這樣認定。）

活用——結婚の相手はすでに決まっています。（結婚的對象已經決定了。）

8 名勝景觀

日本國內除了現代化的高樓建築，還有重量級的文化古蹟。

例如，被聯合國教科文組織登錄為世界文化遺產的「合掌村」，就是以特殊的合掌建築聞名。冬季被大雪覆蓋的「合掌村」，宛如童話故事中才會出現的可愛小屋，甚至有人形容為「冬日的童話村」。

而京都最著名的「金閣寺」，絢爛的金箔外牆引人注目；知名作家「三島由紀夫」根據「金閣寺」歷史背景所完成的同名小說，更堪稱是日本文學史上悲劇性與幻滅美學兼具的偉大著作。

有些日本人對所謂的「名勝景觀」有不同的見解，認為只要是「自己想去的地方」、「吸引自己的地方」，或是看到照片會產生「我想去這裡」的地方，應該就是值得一遊的名勝。

金閣寺
きんかくじ

被白雪覆蓋、佇立雪中的金閣寺，
呈現出代表京都的「寂靜之美」。

きんかくじ　　　ぞくしょう　　　　ほんみょう　　ろくおんじ　　い　　　　きょうと
金閣寺は俗称で、本名を「鹿苑寺」と言います。京都

ふ きょうと し きたく　　　　　　　　　　　　は で きんぱく
府京都市北区❶にあります。❷派手な金箔が❸まばゆく

かがや　　　すがた　　　にほん　　　けんぞうぶつ　なか　　　たぐい
❹輝くその姿は、日本の❺建造物の中でも❻類まれ

ごうか けんらん　　も
なる豪華絢爛さを持ちます。

「金閣寺」是俗稱，原名稱作「鹿苑寺」，❶位於京都府京都市北區。金
閣寺由❷華麗金箔打造出❸璀璨耀眼❹金光閃閃的外觀，所散發的豪華
絢爛，是日本其他❺建築物❻無法匹敵的。

しかし7残念な事に、1950年に事件が8起こりました。室町時代から五百年も9続いた国宝・金閣寺は10放火によって11消失してしまったのです。今残っているのは文献を元に再建したものです。

不過7令人遺憾的是，1950年8發生了一起事件。從室町時代開始9維持了五百年的日本國寶——金閣寺，10因遭縱火而11毀於一旦，現今遺留的「金閣寺」是根據文獻記載重建的。

再建の後にも世界遺産の一つに認定され、銀閣寺と12共に京都の13名所となっています。14普段も綺麗ですが、15雪化粧した金閣寺は格別の美しさです。

重建後的金閣寺也被認可為世界文化遺產之一，與「銀閣寺」12共同並列為京都的13古蹟名勝。14平時的金閣寺就已經非常漂亮，但15下雪後被白雪覆蓋的「金閣寺」顯得更加美麗。

文章出現的		原形	意義	詞性
も 持ちます	➡	も 持つ	具有	五段動詞
お 起こりました	➡	お 起こる	發生	五段動詞
つづ 続いた	➡	つづ 続く	持續	五段動詞
しょうしつ 消失して	➡	しょうしつ 消失する	消失	サ行變格動詞
さいけん 再建した	➡	さいけん 再建する	重建	サ行變格動詞
にんてい 認定され	➡	にんてい 認定する	認定	サ行變格動詞

實用句型

お
… が起こりました｜發生了…

せんきゅうひゃくごじゅうねん　　じけん　お
原文——１９５０年に事件が起こりました。（1950年發生了一起事件。）

わたし　　　　　　　　　　こと　お
活用—— 私 にとってうれしい事が起こりました。

（發生了一件讓我很高興的事。）

… によって｜因為、依照

きんかくじ　　ほうか　　　　　　　　しょうしつ
原文——金閣寺は放火によって消失してしまったのです。

（金閣寺因遭縱火而毀於一旦。）

ひこうき　　ねだん　　　　　　　　ざせき　おお
活用——飛行機は値段によって座席の大きさがちがいます。

（飛機的座位大小，因價錢而異。）

… となっています｜成為…

ぎんかくじ　　とも　きょうと　めいしょ
原文——銀閣寺と共に京都の名所となっています。

（和銀閣寺一同成為京都的風景名勝。）

しょくどう
活用——この食堂はセルフサービスとなっています。

（這家餐廳是採取自助式的。）

東京タワー
とう きょう

MP3-59

除了擔負電波塔的功能，
「東京鐵塔」也是知名的觀光景點。
紅白色的外型，是參考巴黎艾菲爾鐵塔建造的。

1 東京タワーの正式名称は「日本**2**電波塔」です。各
とうきょう　　　　せいしきめいしょう　　　にほん　でんぱとう　　　かく

所に**3**散らばる**4**テレビアンテナの受信・送信塔を統一
しょ　ち　　　　　　　　　　　　　　　　　じゅしん　そうしんとう　とういつ

するために建築されました。
けんちく

1 東京鐵塔的正式名稱是「日本**2**電信塔」，是為了將**3**分散各地的
4電視天線接收塔・放送塔統一集中而建造的。

高さは３３３ 5 メートルあり、建設当時は世界一の電波塔でした。 6 地上から150メートルの場所に展望台、250メートルの 7 ところに特別展望台があります。

東京鐵塔的高度是333 5 公尺，建造當時是世界第一高的電信塔。 6 距離地面150公尺高的地方為「展望台」，250公尺高的 7 地方是「特別展望台」。

東京の観光名所なので 8 映画や 9 ドラマでもよく登場します。中でも 10 ウルトラマンは毎週東京タワーを壊し、修理しないで 11 飛び立っていきます。しかし 12 次の週になると 13 何事もなかったかのように 14 見事に修復されています。

因為是東京知名的觀光景點，所以也經常出現在 8 電影或 9 電視劇中。其中， 10 鹹蛋超人就會每週破壞東京鐵塔，甚至沒把它修復就 11 飛走，可是 12 一到下週，又好像 13 沒發生過任何事一樣，東京鐵塔又 14 完美的被修復了。

文章出現的		原形	意義	詞性
けんちく 建築されました	➡	けんちく 建築する	建造	サ行變格動詞
こわ 壊し	➡	こわ 壊す	破壞	五段動詞
しゅうり 修理しない	➡	しゅうり 修理する	修理	サ行變格動詞
と た 飛び立って	➡	と た 飛び立つ	飛走	五段動詞
なかった	➡	ない	沒有	い形容詞
しゅうふく 修復されています	➡	しゅうふく 修復する	修復	サ行變格動詞

實用句型

… 散_ちらばる｜分散、散亂

原文——各所_{かくしょ}に散_ちらばるテレビアンテナの受信塔_{じゅしんとう}を統一_{とういつ}する…

（將分散各地的電視天線接收塔集中一處…）

活用——散_ちらばっている落_おち葉_ばを拾_{ひろ}って集_{あつ}めました。

（撿拾散落滿地的落葉，集中在一起。）

… よく｜經常

原文——東京_{とうきょう}の観光名所_{かんこうめいしょ}なので映画_{えいが}やドラマでもよく登場_{とうじょう}します。

（因為是東京的觀光名勝，所以也經常出現在電影和電視劇中。）

活用——よく丘_{おか}の上_{うえ}に上_{のぼ}ってそこから港_{みなと}を眺_{なが}めます。

（我常爬上山丘，從上面遠眺港口。）

… しかし｜可是

原文——しかし次_{つぎ}の週_{しゅう}になると何事_{なにごと}もなかったかのように…

（可是一到下週又好像沒發生過任何事一樣…）

活用——しかし実際_{じっさい}には毎年_{まいとし}多数_{たすう}の人_{ひと}が東大_{とうだい}に合格_{ごうかく}しています。

（可是事實上，每年很多人考上東大。）

立山黒部
<small>たて やま くろ べ</small>

MP3-60

可以搭旅遊巴士前往「立山黒部」，
甚至有「東京～立山黒部」當天來回的行程。

「立山黒部[1]アルペンルート」とは、富山県から長野県
<small>たてやまくろ べ</small>　<small>と やまけん</small>　<small>なが の けん</small>

に[2]続く山岳観光路のことを言います。全長は[3]おお
<small>つづ</small>　<small>さんがくかんこう ろ</small>　<small>い</small>　<small>ぜんちょう</small>

よそ２５[4]キロメートルですが、落差は最高で2キロメ
<small>にじゅうご</small>　<small>らくさ</small>　<small>さいこう</small>　<small>に</small>

ートルもあります。

「立山黒部[1]阿爾卑斯道路」是日本富山縣[2]連接到長野縣的山區觀光道
路，全長[3]大約25[4]公里，高低落差最高可達2公里。

195

⑤ルート内には⑥ケーブルカーや⑦ロープウェイ、

⑧バスなどがあります。山岳地帯の最高峰は標高3150

⑨メートルの「立山」で、谷となっている部分には「黒

部⑩ダム」があります。

⑤沿途之中有⑥纜車、⑦高空吊車及⑧巴士等可搭乘，山區地帶的最高峰是標高3150⑨公尺的「立山」，山谷區有「黑部⑩水庫」。

またこの地帯には、国から「特別天然記念物」に指定さ

れている、貴重な野生の日本⑪カモシカも⑫生息して

います。山岳地帯なので１１月から⑬氷点下になり、

春でも雪が残ります。

另外，這裡還有被日本列為「特殊天然紀念物」的珍貴野生日本⑪羚羊⑫棲息於此。這裡因為地處山區，每年從11月起溫度便降至⑬零度以下，即使到了春天仍有殘雪。

文章出現的		原形		意義	詞性
<ruby>言<rt>い</rt></ruby>います	➡	<ruby>言<rt>い</rt></ruby>う		稱作…	五段動詞
あります	➡	ある		有（事物）	五段動詞
なっている	➡	なる		變成…	五段動詞
<ruby>指定<rt>してい</rt></ruby>されている	➡	<ruby>指定<rt>してい</rt></ruby>する		指定	サ行變格動詞
<ruby>生息<rt>せいそく</rt></ruby>しています	➡	<ruby>生息<rt>せいそく</rt></ruby>する		生存	サ行變格動詞
<ruby>残<rt>のこ</rt></ruby>ります	➡	<ruby>残<rt>のこ</rt></ruby>る		殘留	五段動詞

實用句型

… おおよそ｜大約

原文——<ruby>全長<rt>ぜんちょう</rt></ruby>はおおよそ<ruby>25<rt>にじゅうご</rt></ruby>ｋｍですが、<ruby>落差<rt>らくさ</rt></ruby>は<ruby>最高<rt>さいこう</rt></ruby>で2ｋｍも<ruby>あ<rt>に</rt></ruby>ります。

（全長大約25公里，但是高低落差最多可達2公里。）

活用——<ruby>日本<rt>にほん</rt></ruby>はおおよそ<ruby>三百年<rt>さんびゃくねん</rt></ruby>も<ruby>鎖国<rt>さこく</rt></ruby>をしていました。

（日本大約實施了三百年的鎖國政策。）

… などがあります｜有…等

原文——ルート<ruby>内<rt>ない</rt></ruby>にはケーブルカーやロープウェイ、バスなどがあります。

（沿途之中有纜車、高空吊車及巴士等。）

活用——<ruby>手裏剣<rt>しゅりけん</rt></ruby>には<ruby>棒手裏剣<rt>ぼうしゅりけん</rt></ruby>や<ruby>十字手裏剣<rt>じゅうじしゅりけん</rt></ruby>などがあります。

（飛鏢有長條狀、十字狀等。）

… に指定されています｜被指定為…

原文——<ruby>国<rt>くに</rt></ruby>から「<ruby>特別天然記念物<rt>とくべつてんねんきねんぶつ</rt></ruby>」に<ruby>指定<rt>してい</rt></ruby>されている…

（被國家指定為「特殊天然紀念物」…）

活用——<ruby>東大寺<rt>とうだいじ</rt></ruby>は<ruby>世界文化遺産<rt>せかいぶんかいさん</rt></ruby>に<ruby>指定<rt>してい</rt></ruby>されています。

（東大寺被指定為世界文化遺產。）

<ruby>合掌村<rt>がっしょう むら</rt></ruby>

「合掌村」一到冬天，皓雪覆蓋，
景色就宛如童話故事一般，
所以被喻為「冬日的童話村」。

<ruby>合掌村<rt>がっしょうむら</rt></ruby>とは、「❶<ruby>合掌造<rt>がっしょうづく</rt></ruby>り」によって❷<ruby>作<rt>つく</rt></ruby>られた<ruby>日本<rt>にほん</rt></ruby>

の<ruby>伝統家屋<rt>でんとうかおく</rt></ruby>が<ruby>集結<rt>しゅうけつ</rt></ruby>している❸ところです。その<ruby>歴史<rt>れきし</rt></ruby>は

<ruby>古<rt>ふる</rt></ruby>く、<ruby>江戸時代中期<rt>えどじだいちゅうき</rt></ruby>から<ruby>現代<rt>げんだい</rt></ruby>に❹<ruby>残<rt>のこ</rt></ruby>されています。

「合掌村」是一個以「❶合掌建築」為概念所❷建造的日本傳統房屋集結的❸地區。合掌村歷史悠久，從江戶時代中期❹留存至今。

世界的にも**5**極めて貴重な文化遺産であるため、白川

郷・五箇山の合掌造り集落が、世界遺産として登録

されました。合掌造りとは、**6**雪が積もらないように

7急な斜面を描く大きな**8**屋根が、掌を合わせたよう

に見えるのでこの**9**名がついています。

合掌村是世界上**5**極珍貴的文化遺產，因此白川鄉・五箇山的合掌村部落
被登錄為世界文化遺址。所謂的「合掌建築」，是為了**6**避免積雪，而將
8屋頂蓋成**7**傾斜角度極大的斜面，看起來宛如手掌合起來的樣子，因而
9取名為「合掌建築」。

自然の景観を**10**守るため、**11**所により車は地下の**12**駐

車場に**13**停められており、二百年前の姿を今にそのま

ま残しています。

為了**10**保護當地的自然景觀，**11**依據地區不同，有些地區規定必須將汽車
13停放在地下**12**停車場。如此才能使得兩百年前的樣貌，至今仍能完整保
存。

199

重要單字

文章出現的		原形	意義	詞性
しゅうけつ 集結している	➡	しゅうけつ 集結する	集結	サ行變格動詞
のこ 残されています	➡	のこ 残す	留存	五段動詞
とうろく 登録されました	➡	とうろく 登録する	登記	サ行變格動詞
つ 積もらない	➡	つ 積もる	堆積	五段動詞
あ 合わせた	➡	あ 合わせる	併攏、合起	下一段動詞
と 停められて	➡	と 停める	停下	下一段動詞
のこ 残しています	➡	のこ 残す	保留	五段動詞

實用句型

… ところ｜地區

原文——日本の伝統家屋が集結しているところです。
（日式的傳統房屋集結的地區。）

活用——下町は日本の古い人情が残っているところです。
（住商混合區是一個仍保有日本古老人情味的地方。）

… に残されています｜留下

原文——江戸時代中期から現代に残されています。（從江戶時代中期留存至今。）

活用——いまだに多くの貴重な化石が、土の中に残されています。
（目前為止，還有很多珍貴的化石遺留在土中。）

… ため｜為了…

原文——自然の景観を守るため、所により車は地下の駐車場に停められており…
（為了保護自然景觀，有些地區規定必須將汽車停放在地下停車場…）

活用——危険防止のため、柵が設けられています。（為防止危險發生，架設了柵欄。）

200

9 交通工具

觀光客到日本，利用「哈多觀光巴士」觀光，應該是最有效率的聰明選擇。

「哈多觀光巴士」的行程十分多樣，有東京都內導覽、賞花、遊動物園等不同路線。若依時間長短區分，還有半日遊、一日遊、或需要住宿的不同選擇。

有些甚至提供中英文導覽，不僅能讓觀光客在旅遊期間做有效率的移動，不會因為等車、轉車、找路等浪費了不必要的時間，能夠玩遍較多景點。而且也不會有迷路、坐錯電車的擔憂。

JR 線
せん

JR是「日本鐵路」的簡稱，
現今由七間民營鐵路公司共同經營。
圖中綠色車廂的是環狀行駛的「山手線」，
行經東京、新宿等大都市。

JRとは、❶ジャパン・レールウェイの❷略です。元々
（りゃく）（もともと）

は国鉄（国営鉄道）でした。国鉄が❸赤字続きで倒産
（こくてつ）（こくえいてつどう）（こくてつ）（あかじつづ）（とうさん）

し、民間会社が❹買い取って今の形になりました。
（みんかんがいしゃ）（か と）（いま）（かたち）

JR是「❶JAPAN RAILWAY」的❷簡稱，JR原為國營鐵路，但因為經營持
續❸虧損而倒閉，後改由民間公司❹收購，變成現在的形式。

国鉄職員は公務員だったので、接客態度が劣悪でした。民営化して、⑤仏頂面だった職員が⑥作り笑顔の教育をされる⑦写真を見て、国民は⑧歓喜しました。

國鐵職員原本是公務員，因此待客態度十分惡劣。民營化後，日本國民看著原本⑤板著臉的職員，被教育要⑥裝出親切笑容的⑦照片，都覺得⑧十分開心。

⑨よく使用されるのが、山手線や中央線、それに新幹線などです。⑩また、新宿から成田⑪空港を⑫繋ぐ「成田⑬エクスプレス」は、外国旅行者にもよく使用されています。

日本人⑨經常搭乘的是山手線、中央線、和新幹線等。⑩另外，⑫連接新宿到成田⑪機場的「成田⑬特快車」，外國觀光客也經常搭乘利用。

文章出現的		原形	意義	詞性
とうさん 倒産し	➡	とうさん 倒産する	破産	サ行變格動詞
か と 買い取って	➡	か と 買い取る	買下	五段動詞
なりました	➡	なる	變成…	五段動詞
みんえいか 民営化して	➡	みんえいか 民営化する	民營化	サ行變格動詞
み 見て	➡	み 見る	看	上一段動詞
かんき 歓喜しました	➡	かんき 歓喜する	歡樂	サ行變格動詞
しよう 使用される	➡	しよう 使用する	使用	サ行變格動詞

實用句型

…の略 ｜…的簡稱

原文——JRとは、ジャパン・レールウェイの略です。
　　　（JR 是 JAPAN RAILWAY 的簡稱。）

活用——ＮＨＫは、「日本放送協会」の略です。
　　　（NHK是「日本放送協會」的簡稱。）

…続き｜持續…

原文——国鉄が赤字続きで倒産し…（國鐵持續虧損導致破產倒閉…）

活用——晴天続きで湿度が低いです。（因為連日晴天，所以濕度低。）

…よく使用されています｜經常使用

原文——外国旅行者にもよく使用されています。（外國觀光客也經常使用。）

活用——小麦粉は食品によく使用されています。
　　　（麵粉常被用於很多食品。）

はとバス

哈多（HATO）觀光巴士的行程十分多樣，
有市中心導覽、郊外旅遊等，
目前甚至提供中英文導覽。

■はとバスとは、東京都内 ②或いは横浜市内を ③めぐる
<small>とうきょう と ない　ある　　よこはま し ない</small>

観光バスです。④案内嬢が付き、⑤観光スポットをバス
<small>かんこう　　　あんないじょう　つ　　　かんこう</small>

で移動しながら解説や ⑥案内をします。
<small>い どう　　　　　かいせつ　　あんない</small>

**■哈多巴士是 ③繞行東京都內 ②或是橫濱市區的觀光巴士，車上有 ④導
遊小姐，在巴士行駛途中，負責一邊解說及 ⑥介紹 ⑤觀光景點。**

以前は行動が不自由で **7** 乗り物を使えない、**8** 地方から
来た **9** お年寄り専用の **10** イメージがありました。しかし
近年では **11** コースが多様化し、**12** 若い人も多く利用する
ようになりました。

從前，「哈多巴士」總給人一種只有行動不便、無法搭乘 **7** 大眾交通工具
的人，或是 **8** 外地來的 **9** 老年人專用的 **10** 印象。不過，近年來「哈多巴
士」的 **11** 路線多樣化，許多 **12** 年輕人也開始用來觀光。

13 都心ばかりでなく、「戸外で花が見たい」「**14** ハイキ
ングをしたい」「動物園が見たい」など、郊外でも **15** さ
まざまな需要に **16** 応えています。時間も半日、一日、
宿泊などがあります。

「哈多巴士」的行程不只 **13** 市中心，還有「想到戶外賞花」、「想去 **14** 郊
遊」、「想參觀動物園」等等，**16** 順應大家想到郊外玩的 **15** 各種需求。時
間方面也有半日遊、一日遊、以及需要住宿等選擇。

重要單字

文章出現的		原形	意義	詞性
付き(つ)	➡	付く(つ)	附有	五段動詞
移動(いどう)しながら	➡	移動(いどう)する	移動	サ行變格動詞
使えない(つか)	➡	使う(つか)	使用	五段動詞
来た(き)	➡	来る(く)	來	カ行變格動詞
多様化(たようか)し	➡	多様化(たようか)する	多樣化	サ行變格動詞
見たい(み)	➡	見る(み)	看	上一段動詞
応えています(こた)	➡	応える(こた)	順應	下一段動詞

實用句型

… 或(ある)いは｜或是…

原文──はとバスとは、東京都内(とうきょうとないある)或いは横浜市内(よこはましない)をめぐる観光(かんこう)バスです。
（哈多巴士是繞行東京都內，或是橫濱市區的觀光巴士。）

活用──バス或(ある)いはタクシーで行(い)くことが出来(でき)ます。（可搭公車或計程車前往。）

… が付き(つ)｜附有…

原文──案内嬢(あんないじょう)が付き(つ)、観光(かんこう)スポットをバスで移動(いどう)しながら解説(かいせつ)や案内(あんない)
をします。（附有導覽小姐，在巴士行駛途中一邊解說及介紹觀光景點。）

活用──セットメニューにはコーヒーが付き、おかわり自由(じゆう)です。
（套餐附咖啡，還能續杯。）

… に応えています(こた)｜順應、反應

原文──さまざまな需要(じゅよう)に応えています(こた)。（順應各種需求。）

活用──パソコンの通信能力(つうしんのうりょく)は情報化社会(じょうほうかしゃかい)に応えています(こた)。
（電腦的通訊功能，順應資訊化社會的需求。）

京都的建築和街道是模仿中國唐朝的首都長安
興建的，即使歷時千年，現在走在京都街頭，
仍能感受到日本人對於中國的特殊感情。

普通（ふつう）、諸外国（しょがいこく）では❶バスでも❷汽車（きしゃ）でも「北上（ほくじょう）」「南（なん）下（か）」で❸分（わ）けますが、日本（にほん）での分類法（ぶんるいほう）は、普通（ふつう）は「❹上（のぼ）り」と「❺下（くだ）り」で分（わ）けます。

通常，世界各國的交通不論❶巴士或❷火車，都❸區分成「北上」和「南下」。不過，日本通常是分為「❹上行」和「❺下行」。

「上（のぼ）り」とは都会（とかい）に6向（む）かっていくことで、「下（くだ）り」と

は郊外（こうがい）や7田舎（いなか）に向（む）かっていくことを言（い）います。昔（むかし）の

日本（にほん）は、8都（みやこ）が京都（きょうと）9にありましたから、京都（きょうと）に行（い）く

ことを「京（きょう）に上（のぼ）る」10あるいは「上京（じょうきょう）する」と言（い）いま

した。

「上行」指6前往都市的方向，「下行」指前往郊外或7鄉下的方向。
因為從前日本的8首都9位於京都，所以到京都會說「上京都」10或是
「上京」。

今（いま）は東京（とうきょう）が首都（しゅと）なので「上京（じょうきょう）する」とは「東京（とうきょう）に行（い）

く」事（こと）を指（さ）します。11しかし、京都人（きょうとじん）は今（いま）でも古都（こと）の

12プライドが高（たか）く、13お客（きゃく）さんが来（き）たときには必（かなら）ず

「14田舎（いなか）から15ご苦労様（くろうさま）です。」と言（い）うそうです。

但現今的首都是東京，所以「上京」的意思就變成「前往東京」。11不過
直到現在，京都人仍有古都的高度12優越感，據說，京都人對於來訪的
13客人，必定會說「您從14鄉下遠道而來，15真是辛苦了」。

文章出現的		原形	意義	詞性
分けます	➡	分ける	分開	下一段動詞
向かって	➡	向かう	前往	五段動詞
…にありました	➡	…にある	位於…	五段動詞
言いました	➡	言う	說	五段動詞
指します	➡	指す	意指	五段動詞
高く	➡	高い	高的	い形容詞

實用句型

… 昔 | 從前

原文—— 昔 の日本は、都 が京都にありました。（從前，日本的首都在京都。）

活用—— 昔 の桃太郎は、桃からではなく桃を食べたおじいさんとおばあさんから生まれた 話 でした。

（從前的桃太郎故事，桃太郎不是從桃子生出來的，而是吃了桃子的老爺爺和老奶奶所生的。）

… あるいは | 或者；或許

原文—— 京都に行くことを「京に上る」あるいは「上京する」と言いました。（到京都去會說「上京都」或是「上京」。）

活用—— 家にも会社にも電話してもいないので、あるいは海外 出 張かもしれません。（由於打電話到家裡和公司都不在，也許是到國外出差了。）

… 必ず | 必定

原文——お客さんが来たときには 必ず「田舎からご苦労様です」と言うそうです。（據說客人來訪時，必定會說「您從鄉下遠道而來，真是辛苦了」。）

活用——日本の玄関は 必ず段差が付いています。

（日本住家的玄關處，一定會有高低階梯差。）

山手線の紹介
やま のて せん　　　しょうかい

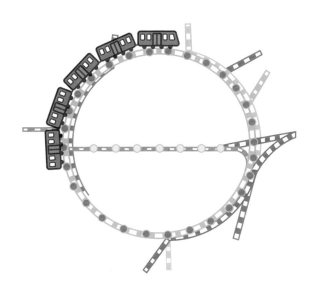

綠色的「山手線」成環狀，
經過新宿、原宿、池袋等大都市，
貫穿其中的是橘色的「中央線」。

日本の中には、**1**上りと**2**下りという言葉を**3**使わない

電車はあります。「山手線」がそれです。山手線は円形

で、**4**ずっと**5**乗っていると**6**元の位置に**7**戻ります。

日本境内有一種電車**3**不使用「**1**上行」和「**2**下行」來區分，那就是
「山手線」。山手線的路線呈環狀，如果**4**一直**5**乘坐沿途不下車，就會
7回到搭乘的**6**原點。

山手線は起点も終点もないので「⁸外回り」と「⁹内回り」に分けられています。外回りは、新宿～新大久保～高田馬場と⑩続く⑪右回りで、内回りは、新宿～代々木～原宿と続く左回りです。

山手線沒有所謂的起點和終點，是區分為「⁸外環線」和「⁹內環線」。「外環線」從新宿⑪向右環繞行駛，⑩依序經過「新大久保」、「高田馬場」。「內環線」從新宿向左環繞行駛，依序經過「代代木」、「原宿」。

また、⑫真ん中を通る「中央線」もあります。中央線で⑬一番速いのは特急で、途中は御茶の水と四谷⑭しか停まりません。だから⑮急ぐ人は、⑯混んでいても中央線の特急に乗ります。

另外，也有⑫從中間貫通山手線的「中央線」。中央線之中⑬速度最快的是「特急列車」，沿途⑭只停靠「御茶水」和「四谷」兩站，所以⑮趕時間的人就算列車⑯再擁擠，也要擠上中央線的特急列車。

重要單字

文章出現的		原形	意義	詞性
つか 使わない	➡	つか 使う	使用	五段動詞
の 乗っている	➡	の 乗る	搭乘	五段動詞
もど 戻ります	➡	もど 戻る	返回	五段動詞
わ 分けられています	➡	わ 分ける	區分	下一段動詞
と 停まりません	➡	と 停まる	停止	五段動詞
こ 混んでいても	➡	こ 混む	擁擠	五段動詞

實用句型

… もど
戻ります｜回到、恢復

原文──ずっと乗っていると元の位置に戻ります。

（一直搭乘不下車就會回到原點。）

活用──干し椎茸は、水につけると戻ります。

（乾香菇一泡水，就恢復原狀。）

…しか…ません｜只…、僅僅

原文──途中は御茶の水と四谷しか停まりません。

（途中只停靠「御茶水」和「四谷」兩站。）

活用──パンダは、大体竹しか食べません。（熊貓基本上只吃竹子。）

… の
に乗ります｜搭乘…

原文──混んでいても中央線の特急に乗ります。

（即使人潮擁擠，還是要搭乘中央線的特急列車。）

活用──お金に余裕があるので、ファーストクラスに乗ります。

（因為有錢可花，所以搭乘頭等艙。）

10 居住

和台灣人相較之下，日本人較重視居家的隱私，是比較重視個人的時間與空間的民族。

日本人不太與外人交流，也很少讓家人以外的人進出家裡。所以總是在偶然到朋友家拜訪時，才發現彼此的生活習慣差異極大，而感到大吃一驚。

日本人到別人家裡，彼此會十分客套且拘謹，但一回到自己家裡，就覺得非常安心自在。

既然連日本人與日本人之間也不常親近，更不用說是外國人了。不了解這一點的人，或許會覺得日本家庭的待客之道不夠友善。

住宅區內的居民相當依賴腳踏車代步，
因此，住宅區內到處都能看到腳踏車停放的景象。

やま て　　　　　　　　　もともと　　こうきゅうじゅうたくがい　　　　　　　　さ
「山の手」とは❶元々、高級住宅街のことを❷指しま

に ほん　　じゅうたくがい　　　　いっ こ だ　　じゅうたく　　おお　　　　ちか
す。日本の住宅街は❸一戸建ての住宅が多く、近くには

がっこう　こうえん　　　　　　　　　　　　　　　　　　　みち　こま
学校や公園や❹スーパーなどがありますが、道は細かく

ふくざつ　　　た しょ　　き ひと　　　　めいろ
複雑で、❺他所から来た人には迷路のようなところです。

日文裡的「山手」，❶原本❷是指高級住宅區。日本的住宅區，大多採
❸獨棟建築，附近有學校、公園和❹超市，但道路狹窄複雜，是❺外地
來的人容易迷路的地方。

215

住宅地は人がすくないので⑥東京であっても空気がよく、閑静なのが特徴で、通勤・通学時以外のときは⑦通りを人が⑧歩いていること⑨すら⑩まれなほどです。

因為住宅區裡人煙稀少，⑥即使在東京，也是空氣好、環境清幽。除了上班和上學時間，⑨甚至連⑦馬路上⑧走動的人都⑩很稀少。

また、車や⑪バイクも少なく⑫バスはありません。近くの駅まで徒歩で移動するのが大半で、子供や主婦は⑬みな自分の自転車を⑭持っています。駅やスーパーには「⑮駐輪場」と言って、自転車を⑯止めるところが必ずあります。

而且，住宅區裡汽車和⑪機車很少，也沒有⑫公車，大多數人都是走路到附近的車站，而小朋友和主婦們⑬每個人都⑭擁有腳踏車。在車站和超市附近一定有「⑮腳踏車停車場」，讓大家有地方⑯停放腳踏車。

文章出現的		原形	意義	詞性
指<ruby>指<rt>さ</rt></ruby>します	➡	指<ruby><rt>さ</rt></ruby>す	意指	五段動詞
多<ruby><rt>おお</rt></ruby>く	➡	多<ruby><rt>おお</rt></ruby>い	多的	い形容詞
…であっても	➡	…である	是	五段動詞
よく	➡	よい	好的	い形容詞
歩<ruby><rt>ある</rt></ruby>いている	➡	歩<ruby><rt>ある</rt></ruby>く	走路	五段動詞
持<ruby><rt>も</rt></ruby>って	➡	持<ruby><rt>も</rt></ruby>つ	擁有	五段動詞

實用句型

… 元々｜原本

原文——「山の手」とは元々、高級住宅街のことを指します。
（日文裡的「山手」，原本是指高級住宅區。）

活用——あの人は元々忘れっぽいです。（那個人本來就很健忘。）

… ても｜即使…

原文——住宅地は人がすくないので東京であっても空気がよく…
（因為住宅區人少，即使在東京空氣還是很好…）

活用——こんにゃくはカロリーがないので食べても太りません。
（因為蒟蒻沒有熱量，即使吃了也不會胖。）

… すら｜甚至連…

原文——通りを人が歩いていることすらまれなほどです。
（甚至連馬路上走動的人都很少。）

活用——恋人はおろか、女友達すらいません。
（別說女朋友了，連女性朋友都沒有。）

下町
(した まち)

「下町」是日本的住商混和區，
大多住家一樓為店面，
食物便宜又好吃是「下町」的特色。

「山の手」の反対語は「下町」になります。東京**1**地方

では、浅草**2**あたりを指します。

和「山手」（高級住宅區）相對的是「下町」（住商混合區），在東京
1地區，「下町」指的是淺草**2**附近一帶。

山の手に③比べて物価が④安くて食べ物が⑤おいしく、

人と人の距離が近いのが特徴です。下町は⑥昔ながら

の「⑦江戸っ子気質」の人が多いと言われています。

和「山手」③相較之下，「下町」的特徵是物價④便宜、食物⑤好吃、人與人之間較親密。據說大多數的「下町」居民，仍然⑥保有以前「⑦江戶人的氣質」（註）。

（註）江戶人的氣質：指熱情慷慨的特質。

下町は住宅地と商工業地が混在しているので「⑧落ち着

かない」と感じる山の手の人がいる⑨反面、「⑩人情味

があっていい」と⑪思う人もいます。日本の下町に近い

環境に⑫育った人は、外国から来た人でも⑬懐かしさを

⑭感じることも多いです。

因為「下町」是住商混和區，有些「山手」高級住宅區的人覺得下町「⑧紛亂不寧靜」，不過⑨另一方面，也有人⑪認為下町「⑩有人情味，很棒」。只要是⑫生長於與日本「下町」相似環境的人，即使是外國人，往往也對「下町」有種⑬懷念的⑭感覺。

文章出現的		原形	意義	詞性
指_さします	➡	指_さす	意指…	五段動詞
比_{くら}べて	➡	比_{くら}べる	比較	下一段動詞
安_{やす}くて	➡	安_{やす}い	便宜	い形容詞
おいしく	➡	おいしい	好吃	い形容詞
混在_{こんざい}している	➡	混在_{こんざい}する	混合	サ行變格動詞
落_おち着_つかない	➡	落_おち着_つく	平靜、沉穩	五段動詞
育_{そだ}った	➡	育_{そだ}つ	成長	五段動詞

實用句型

… に比_{くら}べて｜比起來…

原文——山_{やま}の手_てに比_{くら}べて物価_{ぶっか}が安_{やす}くて食_たべ物_{もの}がおいしく…

（和山手比起來物價便宜，東西又好吃…）

活用——黒人_{こくじん}は他_たの人種_{じんしゅ}に比_{くら}べて体_{からだ}にバネがあります。

（和其他人種比起來，黑人的身體柔軟度比較好。）

… と言_いわれています｜據說、稱作

原文—— 昔_{むかし}ながらの「江戸_{えど}っ子気質_{こかたぎ}」の人_{ひと}が多_{おお}いと言_いわれています。

（據說很多人仍保有以前「江戸人的氣質」。）

活用——日本_{にほん}の服_{ふく}は「和服_{わふく}」と言_いわれています。（日本的衣服稱為「和服」。）

… に近_{ちか}い｜相近、靠近

原文——日本_{にほん}の下町_{したまち}に近_{ちか}い環境_{かんきょう}に育_{そだ}った人_{ひと}…

（生長環境與日本「下町」相似的人…）

活用—— 私_{わたし}のうちは海_{うみ}に近_{ちか}いです。（我家離海很近。）

日本の交通と住宅
（に　ほん　こう　つう　じゅうたく）

在日本的東京都會區，
還能看到幾畝農田的景象，
甚至也有承租公有地的私人菜園。

日本では大部分の地域は住宅地区と商工業地区に **1** 分か

れています。家から **2** 駅までは徒歩か **3** 自転車、そこか

ら電車や地下鉄を **4** 乗り継いで学校や会社に行きます。

日本境內的大部分地區，都 **1** 區分為住宅區和工商業區，民眾都是從住家
走路或騎 **3** 腳踏車 **2** 到車站，再從車站 **4** 繼續轉搭電車或地下鐵到學校
或公司。

それ以外の人は自家用車で⑤通勤します。毎朝⑥大勢の
人が⑦一斉に住宅地から市街区の学校や会社に⑧向かう
ために、電車も⑨高速道路も必ず⑩大変混雑します。

不然，就是自己開車⑤上下班。每天早上都有⑥大批人潮⑦同時從住宅區⑧湧向市中心的學校或公司，所以電車和⑨高速公路總是⑩擁塞不堪。

しかし繁華街を離れて住宅地に帰宅すれば、⑪バスも
なく⑫車も少ないので大変静かです。だから住宅地で
は自転車が大変便利で、主婦や学生は⑬必ず自転車を
持っています。

不過，一旦離開繁華的市中心回到住宅區，因為⑪既沒有公車、⑫車輛又稀少，就顯得非常安靜。所以，在住家附近活動，騎腳踏車是非常方便的，主婦或學生⑬一定都有輛腳踏車。

文章出現的		原形	意義	詞性
分かれています	➡	分かれる	劃分	下一段動詞
乗り継いで	➡	乗り継ぐ	繼續轉乘	五段動詞
行きます	➡	行く	前往	五段動詞
通勤します	➡	通勤する	通勤	サ行變格動詞
混雑します	➡	混雑する	混雑	サ行變格動詞
帰宅すれば	➡	帰宅する	回家	サ行變格動詞
持っています	➡	持つ	擁有	五段動詞

實用句型

… 分かれています｜區分、劃分

原文——大部分の地域は住宅地区と商工業地区に分かれています。

（大部分的地區劃分為住宅區和工商業區。）

活用——サービス待遇は、料金によって分かれています。

（服務品質依價錢區分。）

… を離れて｜離開

原文——繁華街を離れて住宅地に帰宅すれば、バスもなく車も少ないので大変静かです。

（離開繁華的市中心回到住宅區，沒有公車、車輛又稀少，顯得非常安靜。）

活用——母国を離れて外国で暮らすと、自国に住んでると見えないことが良く見えます。

（一旦離開自己的國家到外國生活，就能充分看清住在自己國家時看不清的事。）

玄関
（げん　かん）

進入日本人家裡，
要先在較低的「玄關」脫鞋，
鞋子的泥沙才不會進入家裡，
因此玄關也稱做「土間」。

人口が密集している **1** アジアの国の中では、日本は

2 一戸建てが非常に多い国です。だから **3** 集合住宅は

「**4** 家」とは **5** あまり言いません。「**6** 部屋」と言うこ

とが多いです。

在人口密集的 **1** 亞洲國家中，日本算是擁有很多 **2** 獨棟房屋的國家。因此，**3** 非獨棟的公寓式住宅，在日本 **5** 不太稱為「**4** 住家」，大多稱為「**6** 房間」。

日本の家の特徴は、玄関があることです。諸外国にも **7** 靴を脱ぐ習慣のある国もありますが、玄関は **8** 特にありません。

日本房子的特徵是 —— 有「玄關」。世界各國中，雖然有些國家也有進門 **7** 脫鞋的習慣，不過 **8** 不會特別有玄關。

家の中は **9** 玄関より **10** 一段高くなっています。それで他人の家に入ることを「**11** 家に上がる」と言うのです。低くなっている玄関で靴を脱ぐので、泥は家の中に **12** 入りません。それで玄関を「土間」とも言います。

房子裡面 **9** 比玄關 **10** 高一階，所以，「到某人家」在日文裡的說法是「**11** 上去某人家」。因為在比較低的玄關處脫鞋，所以泥土 **12** 不會進入家裡，因此在日文裡，「玄關」也稱為「土間」。

文章出現的		原形	意義	詞性
みっしゅう 密集している	➡	みっしゅう 密集する	密集	サ行變格動詞
い 言いません	➡	い 言う	稱作	五段動詞
ありません	➡	ある	有（事物）	五段動詞
たか 高く	➡	たか 高い	高的	い形容詞
なっています	➡	なる	變成…	五段動詞
ひく 低く	➡	ひく 低い	低的	い形容詞
はい 入りません	➡	はい 入る	進入	五段動詞

實用句型

…非常に｜很、非常
ひじょう

原文——日本は一戸建てが非常に多い国です。
にほん　いっこだ　　　ひじょう　おお

（日本是有很多獨棟建築的國家。）

活用——日本は物価が非常に高い国です。（日本是物價很高的國家。）
にほん　ぶっか　ひじょう　たか　くに

…あまり…ません｜不太…

原文——集合住宅は「家」とはあまり言いません。
しゅうごうじゅうたく　いえ　　　　　　　い

（公寓式房子不太稱作「住家」。）

活用——日本の女性は特にあまり単独行動しません。
にほん　じょせい　とく　　　　　たんどくこうどう

（日本女性特別不愛單獨行動。）

…より｜比…

原文——家の中は玄関より一段高くなっています。
いえ　なか　げんかん　　　いちだんたか

（房子裡面比玄關高出一階。）

活用——日本の贅沢品は台湾より割安です。（日本的精品比台灣便宜。）
にほん　ぜいたくひん　たいわん　わりやす

日本のお風呂
にほん　　　　　ふろ

對日本人來說，
舒服的泡澡是生活的樂趣之一。

玄関とは**1**反対に、**2**お風呂は**3**掘り下げてあります。
げんかん　　　はんたい　　　　ふろ　　　ほ　さ

だから**4**見た目は浅いですが**5**足を入れると深くなって
み　め　あさ　　　　　　　　　あし　い　　　ふか

います。

和玄關**1**相反（註），**2**家庭浴池是**3**往下挖深的。所以，**4**外觀看來
也許感覺很淺，不過一旦**5**腳伸進去，就發現其實很深。

（註）這裡的相反是指：玄關是往裡走越高，浴池則是往裡走越低。

227

日本人のお風呂は、西洋式の⑥バスタブとは⑦ちがって、⑧首まで漬かるために⑨深く作ってあるのです。日本人にとっては、⑩お風呂に入ることは娯楽活動の一種です。特に寒い夜は外から帰ってきて⑪暖かいお風呂に漬かると⑫疲れが取れて天国のように⑬気持ちがいいのです。

日本人的浴池和西式的⑥浴缸⑦不同，為了能夠⑧浸泡到脖子，所以⑨製作得比較深。對日本人而言，⑩泡澡是一種娛樂，尤其是在寒冷的夜裡從外面回家後，只要泡個⑪暖呼呼的熱水澡就能⑫消除疲勞，感受宛如置身天堂的⑬舒暢。

特に雪の降る、寒い静かな夜は格別です。以前と⑭違い最近は⑮どのアパートにも⑯風呂場がありますが、大きい⑰湯船に入りたくて⑱銭湯に行く人もいます。

如果又是下雪的寒冷寂靜冬夜，這種感受特別強烈。和以往⑭不同，現在⑮每個公寓都有自己的⑯浴室（註）。不過，還是有人想泡大一點的⑰澡盆，而去⑱公共澡堂洗澡的。

（註）日本以前並非家家戶戶都有浴室，家裡沒有浴室的人，便去公共澡堂洗澡。

文章出現的		原形	意義	詞性
掘り下げて	➡	掘り下げる	往下挖	下一段動詞
作って	➡	作る	製造	五段動詞
帰って	➡	帰る	回去	五段動詞
取れて	➡	取れる	消除	下一段動詞
入りたくて	➡	入る	進入	五段動詞
います	➡	いる	有(人)	上一段動詞

實用句型

… 反対に｜相反

原文——玄関とは反対に、お風呂は掘り下げてあります。

（浴池和玄關相反，是往下挖鑿的。）

活用——多くの国とは反対に、日本は左側通行です。

（日本跟很多國家相反，是靠左走。）

… にとっては｜對…而言

原文——日本人にとっては、お風呂に入ることは娯楽活動の一種です。

（對日本人而言，泡澡是一種娛樂活動。）

活用——スポーツ選手にとっては、一般人とはカロリーの必要摂取量が
ちがいます。（對運動選手而言，熱量的必需攝取量跟一般人是不同的。）

…特に｜尤其

原文——特に雪の降る、寒い静かな夜は格別です。

（尤其在下雪的寧靜夜裡更感特別。）

活用——ムードのある音楽は特に、夜聴くと最高です。

（有氣氛的音樂，特別適合在晚上聽。）

台湾人の住宅条件
たい わん じん じゅう たく じょう けん

MP3-71

在台灣，
住家附近有超市、商店林立是很普遍的。

台湾人は住宅を**❶決める**ときに、交通が第一で環境は
たいわんじん じゅうたく き こうつう だいいち かんきょう

❷二の次です。交通さえ便利ならば環境は悪くても**❸気**
に つぎ こうつう べん り かんきょう わる き

になりないそうです。

台灣人在**❶決定**住處時，都是以交通方便為首要，環境是**❷次要**條件。據
說，只要交通便利，即使四周環境惡劣也**❸不會介意**。

台湾の④友達に⑤聞くと、「⑥冷房をつければ空気汚染は⑦関係ない、⑧テレビをつければ⑨騒音は⑩聞こえない。だから環境は関係ない」と言っていました。

⑤問了一下台灣的④朋友，他們回答說：「⑥只要打開冷氣，空氣污染就⑦影響不到我；⑧只要打開電視，就⑩聽不到⑨噪音。所以，環境沒有影響。」

だから「頂好」のような⑪場所に⑫住みたがり、⑬必然的に商工業地区と住宅地を⑭分けることを⑮しなくなります。それで、台北のような⑯街並みが⑰出来上がります。

所以，大家⑫想住在附近有「頂好」那樣的⑪地方，工商業區與住宅區⑮不需要⑬一定得做出⑭區隔。因此，便⑰形成了像台北那樣的⑯街道景象。

文章出現的		原形	意義	詞性
悪<わる>くても	➡	悪<わる>い	惡劣	い形容詞
つければ	➡	つける	打開（電器）	下一段動詞
聞<き>こえない	➡	聞<き>こえる	聽得到	下一段動詞
住<す>みたがり	➡	住<す>む	居住	五段動詞
しなく	➡	する	做…	サ行變格動詞
出来上<で き あ>がります	➡	出来上<で き あ>がる	形成	五段動詞

實用句型

… さえ…ば｜只要…的話

原文──交通<こうつう>さえ便利<べんり>ならば環境<かんきょう>は悪<わる>くても気<き>にならないそうです。

（據說只要交通方便，即使環境惡劣也不介意。）

活用──いまは、携帯電話<けいたいでんわ>さえあれば通話<つうわ>にインターネット使用<しよう>、交通情<こうつうじょう>報収集<ほうしゅうしゅう>など色々<いろいろ>な事<こと>ができます。

（現在只要有手機，就能進行通話、上網、收集交通資訊等各種功能。）

… たがる｜想…

原文──「頂好」のような場所<ばしょ>に住<す>みたがり…

（想住在附近有「頂好」那樣的地方…）

活用──パーティーがつまらないので彼女<かのじょ>は帰<かえ>りたがっています。

（因為派對無聊，她很想回家。）

… が出来上<で き あ>がります｜完成、做完

原文──台北<たいぺい>のような街並<まちな>みが出来上<で き あ>がります。（形成像台北那樣的街道景象。）

活用──本<ほん>を見<み>て作<つく>るだけで、写真<しゃしん>どおりの美味<おい>しい料理<りょうり>が出来上<で き あ>がります。（只要看書照著做，就能做出如同照片般的美味料理。）

日本人の住宅条件
<ruby>日<rt>に</rt></ruby><ruby>本<rt>ほん</rt></ruby><ruby>人<rt>じん</rt></ruby>の<ruby>住<rt>じゅう</rt></ruby><ruby>宅<rt>たく</rt></ruby><ruby>条<rt>じょう</rt></ruby><ruby>件<rt>けん</rt></ruby>

MP3-72

日本市中心高樓林立，
距離市中心約一小時車程的郊區住宅稠密，
形成了所謂的「甜甜圈現象」。

<ruby>反対<rt>はんたい</rt></ruby>に、<ruby>日本人<rt>にほんじん</rt></ruby>や<ruby>欧米人<rt>おうべいじん</rt></ruby>は<ruby>環境<rt>かんきょう</rt></ruby>が<ruby>第一<rt>だいいち</rt></ruby>です。**1**<ruby>家<rt>いえ</rt></ruby>に<ruby>帰<rt>かえ</rt></ruby>って**2**<ruby>落<rt>お</rt></ruby>ち<ruby>着<rt>つ</rt></ruby>けるいい<ruby>環境<rt>かんきょう</rt></ruby>なら、**3**<ruby>多少<rt>たしょう</rt></ruby>は<ruby>交通<rt>こうつう</rt></ruby>が**4**<ruby>悪<rt>わる</rt></ruby>くても**5**<ruby>我慢<rt>がまん</rt></ruby>します。

相反地，日本人和歐美人士都是以環境為首要。**1**回到家，如果是一個能讓人**2**平心靜氣的好環境，即使交通**3**稍微**4**不便，也可以**5**忍受。

だから「6ドーナツ現象」となります。これは、7都心部から約1時間8離れた9郊外地に、ドーナツの10輪のように住宅が密集する現象を言います。

因此，就形成了「6甜甜圈現象」。這是指8距離7市中心約一個小時車程的9郊區，住宅十分密集，宛如甜甜圈的10圈形般的現象。

しかし最近は、経済の安定11に伴って日本や欧米の閑静な住宅を12嗜好する人も13増えてきています。それで、諸国と台北市の近郊に14ゆったりした15集合住宅を建築する事も16多くなってきました。

不過，近來11隨著經濟穩定，12喜好日本與歐美各國那種寧靜住宅環境的人也13日漸增多。因此，世界各國以及台北市近郊所興建的14環境悠閒舒適的15公寓住宅，也16多了起來。

重要單字

文章出現的		原形	意義	詞性
<ruby>帰<rt>かえ</rt></ruby>って	➡	<ruby>帰<rt>かえ</rt></ruby>る	回去	五段動詞
<ruby>悪<rt>わる</rt></ruby>くても	➡	<ruby>悪<rt>わる</rt></ruby>い	惡劣	い形容詞
<ruby>我慢<rt>が まん</rt></ruby>します	➡	<ruby>我慢<rt>が まん</rt></ruby>する	忍受	サ行變格動詞
<ruby>離<rt>はな</rt></ruby>れた	➡	<ruby>離<rt>はな</rt></ruby>れる	距離	下一段動詞
<ruby>伴<rt>ともな</rt></ruby>って	➡	<ruby>伴<rt>ともな</rt></ruby>う	隨著	五段動詞
<ruby>増<rt>ふ</rt></ruby>えて	➡	<ruby>増<rt>ふ</rt></ruby>える	增多	下一段動詞
ゆったりした	➡	ゆったりする	舒暢	サ行變格動詞

實用句型

… ても｜即使

原文——<ruby>多少<rt>た しょう</rt></ruby>は<ruby>交通<rt>こうつう</rt></ruby>が<ruby>悪<rt>わる</rt></ruby>くても<ruby>我慢<rt>が まん</rt></ruby>します。（即使交通稍微不便，也能忍受。）

活用——<ruby>賃金<rt>ちんぎん</rt></ruby>が<ruby>低<rt>ひく</rt></ruby>くても<ruby>我慢<rt>が まん</rt></ruby>して<ruby>働<rt>はたら</rt></ruby>きます。（即使工資低，還是要忍耐工作。）

… なります｜成為、變成

原文——だから「ドーナツ<ruby>現象<rt>げんしょう</rt></ruby>」となります。（因此形成了「甜甜圈現象」。）

活用——<ruby>色々見<rt>いろいろ み</rt></ruby><ruby>積<rt>つ</rt></ruby>もると、<ruby>総額<rt>そうがく</rt></ruby>では<ruby>結構<rt>けっこう</rt></ruby>な<ruby>額<rt>がく</rt></ruby>になります。

　　　　（進行各項估價後，所形成的總價相當可觀。）

… に<ruby>伴<rt>ともな</rt></ruby>って｜隨著…

原文——<ruby>経済<rt>けいざい</rt></ruby>の<ruby>安定<rt>あんてい</rt></ruby>に<ruby>伴<rt>ともな</rt></ruby>って<ruby>日本<rt>にほん</rt></ruby>や<ruby>欧米<rt>おうべい</rt></ruby>の<ruby>閑静<rt>かんせい</rt></ruby>な<ruby>住宅<rt>じゅうたく</rt></ruby>を<ruby>嗜好<rt>しこう</rt></ruby>する<ruby>人<rt>ひと</rt></ruby>も<ruby>増<rt>ふ</rt></ruby>え
　　　　てきています。（隨著經濟穩定，喜好日本和歐美那種閑靜住宅的人也變多。）

活用——<ruby>収入<rt>しゅうにゅう</rt></ruby>の<ruby>増加<rt>ぞうか</rt></ruby>に<ruby>伴<rt>ともな</rt></ruby>って、<ruby>人<rt>ひと</rt></ruby>は<ruby>知<rt>し</rt></ruby>らず<ruby>知<rt>し</rt></ruby>らずのうちに<ruby>贅沢<rt>ぜいたく</rt></ruby>になって
　　　　いきます。（隨著收入增加，人們在不知不覺中漸漸變得奢侈。）

11 學校教育

整體而言，日本公立小學的小學生算是相當快樂的。知名卡通「櫻桃小丸子」應該是日本小學生活的最真實寫照。

日本的公立小學都設在住宅區內，所以小學生都是走路上學。如果出現了新興住宅區，日本政府就會在附近設立一間小學，所以幾乎沒有越區就讀的例子。

一年級上課半天，二年級開始有整天的課程；除了上課，還有充分的戶外活動時間。中午由學校提供營養午餐，所以小學生上學時幾乎不用隨身帶錢。

相對於公立小學的快樂輕鬆，私立小學的課業壓力就大多了。

有些小朋友會早一點到學校，
趁著8：30上課前，
和同學在操場上玩一下。

日本の学校は朝8時に **1** 門が開きます。公立学校は

住宅地の中にあるので **2** バスも **3** タクシーもなく、

4 歩いて **5** 登校します。だからお金は **6** 一切 **7** 持ってい

ってはいけません。

日本的學校早上八點 **1** 開門，由於公立學校都在住宅區內，所以學生們不需要搭 **2** 公車或 **3** 計程車，都是 **4** 走路 **5** 上學。因此，學校也規定學生上學時 **6** 完全 **7** 不能帶錢。

8 授業は8時半からなので、朝9早く学校に着いた人は授業が始まるときまで10校庭で遊びます。11その後12 2時間目の授業が終わると、30分くらい13休憩があります。

八點半開始8上課，早上9提早到學校的人，上課前都會10在操場玩耍。11之後，12第二堂上課結束後，還有大約三十分鐘的13下課休息時間。

この休憩は外で運動するためなので、教室に14いてはいけません。その後また2時間授業をして、4時間目の授業が終わると15給食になります。

這段休息時間，是為了讓學生從事戶外運動，因此規定每個學生都14不能待在教室裡。接著，再上兩個小時的課，第四堂下課後，學校就15供應營養午餐。

文章出現的		原形	意義	詞性
開<ruby>きます<rt>ひら</rt></ruby>	➡	<ruby>開<rt>ひら</rt></ruby>く	開啟	五段動詞
<ruby>歩<rt>ある</rt></ruby>いて	➡	<ruby>歩<rt>ある</rt></ruby>く	走路	五段動詞
<ruby>持<rt>も</rt></ruby>って	➡	<ruby>持<rt>も</rt></ruby>つ	攜帶	五段動詞
いって	➡	いく	前去	五段動詞
<ruby>着<rt>つ</rt></ruby>いた	➡	<ruby>着<rt>つ</rt></ruby>く	到達	五段動詞
<ruby>遊<rt>あそ</rt></ruby>びます	➡	<ruby>遊<rt>あそ</rt></ruby>ぶ	玩	五段動詞
いて	➡	いる	（某人）在	上一段動詞

實用句型

…てはいけません｜不能…

原文——お<ruby>金<rt>かね</rt></ruby>は<ruby>一切<rt>いっさい</rt></ruby><ruby>持<rt>も</rt></ruby>っていってはいけません。（規定完全不能帶錢。）

活用——<ruby>日本<rt>にほん</rt></ruby>の<ruby>電車<rt>でんしゃ</rt></ruby>は、<ruby>携帯電話<rt>けいたいでんわ</rt></ruby>で<ruby>通話<rt>つうわ</rt></ruby>してはいけません。

（日本的電車內，不能使用手機通話。）

…で<ruby>遊<rt>あそ</rt></ruby>びます｜在…玩

原文——<ruby>授業<rt>じゅぎょう</rt></ruby>が<ruby>始<rt>はじ</rt></ruby>まるときまで<ruby>校庭<rt>こうてい</rt></ruby>で<ruby>遊<rt>あそ</rt></ruby>びます。

（開始上課前，先在操場玩。）

活用——<ruby>公園<rt>こうえん</rt></ruby>で<ruby>犬<rt>いぬ</rt></ruby>と<ruby>遊<rt>あそ</rt></ruby>びます。（在公園跟狗玩。）

…くらい｜…左右

原文——その<ruby>後<rt>ご</rt></ruby>2<ruby>時間目<rt>にじかんめ</rt></ruby>の<ruby>授業<rt>じゅぎょう</rt></ruby>が<ruby>終<rt>お</rt></ruby>わると、30<ruby>分<rt>さんじゅっぷん</rt></ruby>くらい<ruby>休憩<rt>きゅうけい</rt></ruby>があります。

（之後第二堂課結束後，有30分鐘左右的休息時間。）

活用——<ruby>風邪<rt>かぜ</rt></ruby>なので<ruby>三日<rt>みっか</rt></ruby>くらい<ruby>休<rt>やす</rt></ruby>みます。（因為感冒，大約要請假三天。）

学校給食
（がっこうきゅうしょく）

営養午餐

日本中小學所供應的營養午餐
以麵包、牛奶為主食，
好吃而且營養豐富。

学校給食は専門の職員が作ります。**1**献立は栄養を

2考え、**3**ビタミンや**4**カロリーを**5**きちんと計算して

作られています。**6**月の初めに**7**献立表を**8**配ります。

日本中小學的營養午餐，都是由專業人員烹調的。**1**菜單是**2**考量營養均衡，並**5**仔細計算**3**維生素及**4**熱量所設計的，**6**月初時，會**8**分發當月的**7**菜單表。

内容は⑨大体⑩パンと牛乳と⑪おかずです。おかずの

種類はとても豊富で、味も⑫大変おいしく、家庭や⑬食

堂の料理よりも⑭さらに美味です。おかずが⑮余ると、

⑯おかわりもできます。

内容⑨大多是⑩麵包、牛奶和⑪菜餚。菜餚的種類十分豐富，味道也⑫非常好吃，比家裡或⑬餐廳的食物⑭更加好吃。如果菜餚還有⑮多餘，可以⑯再添一碗。

給食は⑰配膳台を⑱生徒が取りに行き、⑲バケツに入

った給食を⑳当番が全員に配ります。当番は一週間

㉑交代で、使った㉒割烹着は家庭で㉓洗濯して次の当番

に㉔渡します。

⑱學生要到⑰配餐台領取營養午餐，⑳值日生會將裝在⑲桶子的午餐分給大家。值日生一周㉑輪值一次，輪值後要將穿過的㉒衛生罩衣帶回家㉓洗乾淨，再㉔交給下一位值日生。

文章出現的		原形	意義	詞性
作（つく）ります	➡	作（つく）る	作成	五段動詞
配（くば）ります	➡	配（くば）る	分發	五段動詞
おいしく	➡	おいしい	好吃	い形容詞
行（い）き	➡	行（い）く	前去	五段動詞
使（つか）った	➡	使（つか）う	使用	五段動詞
渡（わた）します	➡	渡（わた）す	交給	五段動詞

實用句型

… を配（くば）ります｜分發

原文——月（つき）の初（はじ）めに献立表（こんだてひょう）を配（くば）ります。（月初分發菜單表。）

活用——会議（かいぎ）で使（つか）う資料（しりょう）を事前（じぜん）に参加者（さんかしゃ）に配（くば）ります。

（開會用的資料，要事先發給與會者。）

… さらに｜更加

原文——家庭（かてい）や食堂（しょくどう）の料理（りょうり）よりもさらに美味（びみ）です。

（比家裡或餐廳的食物更好吃。）

活用——スイカに少量（しょうりょう）の塩（しお）を振（ふ）るとさらにおいしくなります。

（吃西瓜時灑上少許鹽巴會更好吃。）

… に渡（わた）します｜交給

原文——使（つか）った割烹着（かっぽうぎ）は家庭（かてい）で洗濯（せんたく）して次（つぎ）の当番（とうばん）に渡（わた）します。

（將穿過的衛生罩衣帶回家洗乾淨，再交給下一位值日生。）

活用——リレーでは走（はし）り終（お）わった人（ひと）が次（つぎ）の人（ひと）にバトンを渡（わた）します。

（接力賽就是跑完的人要把接力棒交給下一名跑者。）

小学校の午後
しょう がっ こう ご ご

放學後，操場就成了最好的遊樂場。
一直到下午4:00校門關閉前，
仍有許多小學生留在學校玩耍。

給食を食べた後はまた３０分❶くらい❷昼休みが❸あ
きゅうしょく た あと さんじゅっぷん ひるやす

ります。この昼休みは教室で❹本を読んでも、❺外で遊
ひるやす きょうしつ ほん よ そと あそ

んでもいいです。

學生吃完午餐後，❶大約還❸有三十分鐘的❷午休時間，在這段午休時
間，可以選擇在教室❹看書，或是❺到外面玩耍都可以。

それが⑥終わってから、午後は5時間目か6時間目で授

業を終わって、⑦放課後になります。このとき大体午

後3時くらいです。

午休⑥結束後，上完下午的第五堂課或第六堂課，就是⑦放學，時間大約
是下午的三點左右。

学校の門は4時に⑧閉まるので、6時間目の授業が終わ

ってからなら大体⑨1時間くらい⑩学校に残って遊んで

もいいです。⑪時々⑫クラス全員で遊ぶ⑬約束をして、

20～30人が校庭で男女一緒に遊ぶこともありまし

た。

由於校門在四點⑧關閉，如果從第六堂課結束後算起，學生還有將近⑨一
小時，可以⑩留在學校玩耍。⑪有時候⑫全班同學也會⑬約定好，男女
生20～30人一起在操場玩遊戲。

文章出現的		原形	意義	詞性
食_たべた	➡	食_たべる	吃	下一段動詞
読_よんでも	➡	読_よむ	閱讀	五段動詞
遊_{あそ}んでも	➡	遊_{あそ}ぶ	遊玩	五段動詞
終_おわってから	➡	終_おわる	結束	五段動詞
残_{のこ}って	➡	残_{のこ}る	留下	五段動詞
ありました	➡	ある	有（事物）	五段動詞

實用句型

…（てもいい）でもいい｜也可以做…

原文——この昼休_{ひるやす}みは教室_{きょうしつ}で本_{ほん}を読_よんでも、外_{そと}で遊_{あそ}んでもいいです。

（這段午休時間可以在教室看書，也可以在外面玩。）

活用——大人_{おとな}の世界_{せかい}は、子供_{こども}はまだ知_しらなくてもいいです。

（大人的世界，小孩也可以不用知道。）

… てから｜…之後

原文——授業_{じゅぎょう}が終_おわってからなら大体_{だいたい}1時間_{じかん}くらい学校_{がっこう}に残_{のこ}って…

（如果從下課後算起，大約可以留在學校一個小時…）

活用——食事_{しょくじ}をしてから少_{すこ}し散歩_{さんぽ}をすると消化_{しょうか}にいいです。

（飯後散步，幫助消化。）

… 時々_{ときどき}｜有時、偶爾

原文——時々_{ときどき}クラス全員_{ぜんいん}で遊_{あそ}ぶ約束_{やくそく}をして…（有時候全班會約好一起玩…）

活用——時々_{ときどき}夜_{よる}の繁華街_{はんかがい}に繰_くり出_だして遊_{あそ}びます。

（偶爾到夜晚熱鬧繁華的街上玩。）

小学生の放課後
しょう がく せい ほう か ご

以前，很少小孩會去上補習班，
小學生放學後，
大多在外面玩到太陽下山為止。

学校が4時に終わると、今度は一回 **1** 家に帰ってから
がっこう よ じ お こん ど いっかい いえ かえ

2 仲のいい友達とまた遊びに **3** 出かけます。家に帰ると
なか ともだち あそ で いえ かえ

4 自転車が使えるので **5** 少し遠くまで遊びに行くことが
じ てんしゃ つか すこ とお あそ い

6 できます。

學校四點鐘一放學，學童會先 **1** 回家一趟，之後再和 **2** 感情好的同伴
3 出去玩。因為一回到家就 **4** 有腳踏車可以騎，所以 **6** 可以 **5** 到稍微遠
一點的地方去玩。

しかし、子供の[7]帰宅時間は学校で[8]決まっていまし

た。大体、冬は午後5時、夏は6時半でした。日本では

大体この時間になると[9]暗くなって[10]危ないので、学校

の[11]生徒は[12]みなこの時間に家に帰らないといけなかっ

たのです（[13]塾は例外）。

不過，學校有明確[8]規定孩童的[7]回家時間。大致上，冬天是下午五點，夏天是六點半，因為日本大概一到這個時間，天色[9]變暗、容易發生[10]危險，所以學校的[11]學生[12]全部都要在這個時間之前回家（除了到[13]補習班的人）。

帰宅時間になると近所の[14]鐘が鳴るので、それが[15]鳴っ

たら[16]友達とさよならして、家に帰って[17]晩御飯を食べ

ます。

回家時間一到，由於附近的[14]鐘聲會響起，[15]鐘聲一響，大家就[16]和朋友道別，各自回家[17]吃晚飯。

重要單字

文章出現的		原形	意義	詞性
<ruby>帰<rt>かえ</rt></ruby>って	➡	<ruby>帰<rt>かえ</rt></ruby>る	回去	五段動詞
<ruby>出<rt>で</rt></ruby>かけます	➡	<ruby>出<rt>で</rt></ruby>かける	出門	下一段動詞
できます	➡	できる	可以	上一段動詞
<ruby>決<rt>き</rt></ruby>まっていました	➡	<ruby>決<rt>き</rt></ruby>まる	規定	五段動詞
<ruby>暗<rt>くら</rt></ruby>く	➡	<ruby>暗<rt>くら</rt></ruby>い	黑暗	い形容詞
<ruby>鳴<rt>な</rt></ruby>ったら	➡	<ruby>鳴<rt>な</rt></ruby>る	聲音響起	五段動詞
さよならして	➡	さよならする	道別	サ行變格動詞

實用句型

… ことができます｜能夠

原文──<ruby>少<rt>すこ</rt></ruby>し<ruby>遠<rt>とお</rt></ruby>くまで<ruby>遊<rt>あそ</rt></ruby>びに<ruby>行<rt>い</rt></ruby>くことができます。（能到稍遠的地方玩。）

活用──２０<ruby>歳<rt>はたち</rt></ruby>になると、<ruby>選挙<rt>せんきょ</rt></ruby>で<ruby>投票<rt>とうひょう</rt></ruby>することができます。
（一到20歲，就能在選舉中投票。）

… で<ruby>決<rt>き</rt></ruby>まっていました｜…規定

原文──<ruby>子供<rt>こども</rt></ruby>の<ruby>帰宅時間<rt>きたくじかん</rt></ruby>は<ruby>学校<rt>がっこう</rt></ruby>で<ruby>決<rt>き</rt></ruby>まっていました。
（學校有規定孩童的回家時間。）

活用──<ruby>仕事<rt>しごと</rt></ruby>の<ruby>時<rt>とき</rt></ruby>に<ruby>着<rt>き</rt></ruby>る<ruby>服<rt>ふく</rt></ruby>は、<ruby>会社<rt>かいしゃ</rt></ruby>で<ruby>決<rt>き</rt></ruby>まっています。
（上班時穿的衣服，公司有規定。）

… たら｜要是…、一…的話

原文──それが<ruby>鳴<rt>な</rt></ruby>ったら<ruby>友達<rt>ともだち</rt></ruby>とさよならして…（那聲音一響起，就和朋友道別…）

活用──<ruby>旅行<rt>りょこう</rt></ruby>に<ruby>行<rt>い</rt></ruby>ったら<ruby>必<rt>かなら</rt></ruby>ず<ruby>大浴場<rt>だいよくじょう</rt></ruby>でお<ruby>風呂<rt>ふろ</rt></ruby>に<ruby>入<rt>はい</rt></ruby>って、ゆっくりします。
（要是去旅行，我一定要泡大浴池，放鬆心情。）

12 社會生活

日本企業甄選新進職員時，會參考求職者大學時所參加的社團。

若以大方向來區分，日本大學的社團可以分成「體育性社團」和「文化性社團」兩種。各種球類、格鬥技等，都屬於「體育性社團」；書道、茶道、英語會話等，則屬於「文化性社團」。

「體育性社團」採取封建體制，重視上下關係；「文化性社團」採取民主體制，重視平等及自我。

有些企業認為，企業文化中的上司和部屬也是一種「上下關係」，所以傾向任用曾參加過「體育性社團」的人，如此一來，也可以減少教育訓練的時間。

日本の勤務時間
にほん　きんむじかん

MP3-77

日本的上班族下班後，同事常相約喝酒吃晚餐；
雖然換了個場所，
但聊天話題還是離不開工作與家庭。

日本の**1**勤務時間は普通朝9時から午後5時までで、

2お昼は1時間の休みがあります。だから**3**午前3時

間、**4**午後4時間の**5**実質7時間労働で、大体どこの国

も同じです。

日本的**1**上班時間，一般是從早上九點到下午五點，**2**中午有一個小時午休。所以**3**上午上班三小時，**4**下午上班四小時，**5**實際上班時間是七個小時，大概和其他國家相同。

日本が諸外国とちがうのは、 **6**仕事が終わってからです。会社の **7**同僚とお酒を飲みながら **8**一緒に **9**夕食をとり、そこでもまた **10**仕事の話をすることが多いことです。だから日本の繁華街には居酒屋が多く、競争が激しいので **11**値段は **12**割合と安いです。

和其他國家不同的，是日本人 **6**下班之後的生活。日本人下班後，大多和公司 **7**同事喝著酒， **8**一起 **9**吃晚餐，席間所談的，多半也是 **10**工作上的事。因此，在日本的繁華鬧區到處可見居酒屋林立，也由於競爭激烈， **11**價格 **12**比較便宜。

それから、上司と部下が一緒に食事をすると必ず **13**給料の多い上司が **14**奢る（お金を出す）ことになっています。

再者，如果是上司和部屬一起吃飯，一定是由 **13**薪水高的上司 **14**請客（付錢）。

文章出現的		原形	意義	詞性
あります	➡	ある	有（事物）	五段動詞
終わって	➡	終わる	結束	五段動詞
飲みながら	➡	飲む	喝	五段動詞
とり	➡	とる	吃、攝取	五段動詞
多く	➡	多い	多	い形容詞
なっています	➡	なる	變成	五段動詞

實用句型

… から … まで｜從…到…

原文——日本の勤務時間は普通朝9時から午後5時までです。

（日本的上班時間通常是從早上9點到下午5點。）

活用—— 忙しくて朝から晩まで働いています。

（忙得從早到晚都在工作。）

… ので｜因為

原文—— 競争が激しいので値段は割合と安いです。

（因為競爭激烈，所以價格比較便宜。）

活用——暑いので上着を脱ぎます。（因為太熱，要脫掉上衣。）

… ことになっています｜自然而然變成…

原文—— 必ず給料の多い上司が奢ることになっています。

（必定是由薪水較多的上司請客。）

活用——空港を出ると迎えの人がきていることになっています。

（一走出機場，就有人來接我們。）

会社と部活動
かいしゃ　　　ぶ　かつどう

MP3-78

日本的公司相當重視員工的教育訓練，
並謹守上下關係的尊重與服從。

日本の**1**会社では、**2**社員を採用するときには**3**体育会
にほん　　　かいしゃ　　　　　　　しゃいん　　さいよう　　　　　　　　　　　たいいくかい

系が歓迎されます。運動能力と会社の運営は本来**4**関係
けい　かんげい　　　　　　　　うんどうのうりょく　かいしゃ　うんえい　ほんらい　かんけい

ありません。しかし日本は基本的に**5**縦社会なので、体
にほん　きほんてき　　　たてしゃかい　　　たい

育会系と体制が近いのです。
いくかいけい　たいせい　ちか

日本**1**公司在**2**錄用員工時，偏好在學校時參加**3**運動性社團的人。運動能力原本和公司的營運**4**無關，不過，因為基本上日本屬於**5**上下關係的社會，這和運動性社團的體制相近。

253

上司と部下は**6**もちろん縦関係ですが、顧客と店員、

7発注側と**8**受注側も実は縦関係なのです。これも、

9よりよい態度でより多くの**10**顧客を惹き付けるため

の技術だ**11**と言えます。

上司和部屬**6**理所當然是屬於上下關係，顧客和店員、**7**客戶和**8**廠商，事實上也屬於上下關係。上下關係也**11**可以說是一種用**9**更好的態度為了**10**招攬更多客戶，所採取的方法。

民主主義で育った**12**文化系の学生は、顧客や上司とも

同等の立場を**13**保とうとします。だから、**14**言い訳や自

己主張が多くなって教育に時間が**15**かかるのです。

而**12**文化性社團的學生受到民主人文思想的薰陶，與顧客、上司**13**想要保持平等立場，所以，有較多的**14**理由、自我主張，**15**需要花費較長的時間教育。

重要單字

文章出現的		原形	意義	詞性
<ruby>歓迎<rt>かんげい</rt></ruby>されます	➡	<ruby>歓迎<rt>かんげい</rt></ruby>する	歡迎	サ行變格動詞
ありません	➡	ある	有（事物）	五段動詞
<ruby>惹<rt>ひ</rt></ruby>き<ruby>付<rt>つ</rt></ruby>ける	➡	<ruby>惹<rt>ひ</rt></ruby>き<ruby>付<rt>つ</rt></ruby>ける	吸引	下一段動詞
<ruby>言<rt>い</rt></ruby>えます	➡	<ruby>言<rt>い</rt></ruby>える	可以說	下一段動詞
<ruby>保<rt>たも</rt></ruby>とう	➡	<ruby>保<rt>たも</rt></ruby>つ	保持	五段動詞
なって	➡	なる	變成…	五段動詞

實用句型

…が<ruby>歓迎<rt>かんげい</rt></ruby>されます｜受歡迎

原文——<ruby>社員<rt>しゃいん</rt></ruby>を<ruby>採用<rt>さいよう</rt></ruby>するときには<ruby>体育会系<rt>たいいくかいけい</rt></ruby>が<ruby>歓迎<rt>かんげい</rt></ruby>されます。

（錄用員工時，偏好在學校時參加運動性社團的人。）

活用——<ruby>宴会<rt>えんかい</rt></ruby>では、やはり<ruby>色々芸<rt>いろいろげい</rt></ruby>ができる<ruby>人<rt>ひと</rt></ruby>が<ruby>歓迎<rt>かんげい</rt></ruby>されます。

（宴會上，具有各種才藝的人受歡迎。）

…と<ruby>言<rt>い</rt></ruby>えます｜可說是…

原文——<ruby>多<rt>おお</rt></ruby>くの<ruby>顧客<rt>こきゃく</rt></ruby>を<ruby>惹<rt>ひ</rt></ruby>き<ruby>付<rt>つ</rt></ruby>けるための<ruby>技術<rt>ぎじゅつ</rt></ruby>だと<ruby>言<rt>い</rt></ruby>えます。

（可以說是為了招攬更多客戶的方法。）

活用——<ruby>犬<rt>いぬ</rt></ruby>は<ruby>人間<rt>にんげん</rt></ruby>の<ruby>友達<rt>ともだち</rt></ruby>だと<ruby>言<rt>い</rt></ruby>えます。（狗可以說是人類的朋友。）

…がかかる｜花費

原文——<ruby>自己主張<rt>じこしゅちょう</rt></ruby>が<ruby>多<rt>おお</rt></ruby>くなって<ruby>教育<rt>きょういく</rt></ruby>に<ruby>時間<rt>じかん</rt></ruby>がかかるのです。

（自己的意見較多，需要花時間教育。）

活用——ツアーに<ruby>参加<rt>さんか</rt></ruby>しないで<ruby>自分<rt>じぶん</rt></ruby>で<ruby>旅行<rt>りょこう</rt></ruby>に<ruby>行<rt>い</rt></ruby>くとお<ruby>金<rt>かね</rt></ruby>がかかります。

（不參加旅行團的話，自助旅行很花錢。）

日本の年度
にほんねんど

日本每年一到「年度」即將結束的三月，
各行各業因為進行年度結算，
所以都十分忙碌。

一般（いっぱん）の国（くに）では「年（とし）」と「年度（ねんど）」の❶区切（くぎ）りは❷同（おな）じです

が、日本（にほん）では「年（とし）」と「年度（ねんど）」は区切（くぎ）りが❸ちがいま

す。

一般而言，各國對於「年」和「年度」的❶劃分是❷相同的。不過，日本
對於「年」和「年度」的劃分卻是❸不同的。

「年」は一月から十二月、「年度」は四月から翌年三月までを言います。日本では学校も❹会社も年度で❺行ない、学校は他の外国とは❻まったくちがって九月からではなく四月から新学年と言うことになります。

日本的「年」，是指一月至十二月，「年度」則是指四月到隔年的三月。在日本，學校和❹公司都是按照「年度」❺運作，日本的學校和其他國家❻完全不同，新學期不是從九月開始，而是從四月開始。

会社にも、三月で学校を❼卒業した❽人たちが、❾新入社員として❿入社してきて新しい生活が⓫始まるのです。会社では年度末の三月に総決算をする⓬ため、⓭とても⓮忙しい季節になります。

日本公司也是如此，三月從學校❼畢業的❽人們，會以❾新進員工的身分❿進入公司，⓫開始職場新生活。公司⓬因為在年度結束的三月進行總結算，所以這個時期都會⓭十分⓮忙碌。

重要單字

文章出現的		原形	意義	詞性
ちがいます	➡	ちがう	不同	五段動詞
言います	➡	言う	稱作	五段動詞
行ない	➡	行なう	運作	五段動詞
卒業した	➡	卒業する	畢業	サ行變格動詞
入社して	➡	入社する	進入公司	サ行變格動詞

實用句型

… ちがいます｜不同

原文——日本では「年」と「年度」は区切りがちがいます。
（日本的「年」和「年度」的劃分不同。）

活用——「洋食」と「西洋料理」はちがいます。（「洋食」和「西餐」不同。）

… が始まる｜開始…

原文——新入社員として入社してきて新しい生活が始まるのです。
（以新進員工的身分進入公司，開始新生活。）

活用——日本では映画が始まる前、たいていの人はパンフレットを買って読みます。（日本人在電影開場前，大部分的人會先買簡介手冊來看。）

… とても｜非常、十分

原文——会社では年度末の三月に総決算をするため、とても忙しい季節になります。
（公司在年度即將結束的三月為了進行總結算，所以這個時期都十分忙碌。）

活用——運動を継続する事は健康にとても役に立ちます。
（持續運動十分有益健康。）

サラリーマンの休日

休假時，選擇自家公司的渡假中心雖然可以享有優惠，
不過，連私人時間都和公司緊密結合，
實在有利也有弊。

欧米人が仕事と自分自身の■余暇を❷ハッキリ分けるの
に対し、日本人は❸ほぼ❹仕事も❺プライベートも、会
社の人と過ごす事のほうが多いです。

相對於歐美人士將工作、和自己的■休閒時間❷做出清楚的劃分，大多數
日本人卻❸幾乎是❹工作和❺私人時間，都和公司的人一起度過。

例えば、⑥カラオケに行って歌ったり、⑦バーでお酒を飲みながら⑧おしゃべりしたりと言った余暇活動は、本来なら仕事関係以外の人とする活動です。しかし日本人は、仕事以外の場所でも⑨仕事仲間と行動を共にする事が多いです。

例如，⑥去卡拉OK唱歌、到⑦酒吧邊喝酒邊⑧聊天之類的休閒活動，本來都可以和同事以外的人一起進行，但是大多數日本人即使出了辦公室，還是和⑨公司同事在一起。

こうした関係は仕事仲間への理解や仕事の効率にも⑩つながります。しかし一方では、⑪定年などで仕事仲間との⑫関係が切れると⑬一体⑭何をしたらいいのかわからない、ということにもなります。

這樣的關係，可以促進工作伙伴間的了解，也⑩攸關工作效率。不過，另一方面卻也造成了因為⑪退休等等原因，一旦和公司同事⑫斷了關係，不知道⑬究竟⑭該做什麼才好的情況。

文章出現的		原形	意義	詞性
対_{たい}し	➡	対_{たい}する	對於	サ行變格動詞
行_いって	➡	行_いく	去	五段動詞
歌_{うた}ったり	➡	歌_{うた}う	唱歌	五段動詞
飲_のみながら	➡	飲_のむ	喝	五段動詞
しゃべりしたり	➡	しゃべりする	說話	サ行變格動詞
つながります	➡	つながる	聯繫、攸關	五段動詞
したら	➡	する	做…	サ行變格動詞

實用句型

… なら｜…的話、若是

原文——**本来_{ほんらい}なら仕事関係以外_{しごとかんけいいがい}の人_{ひと}とする活動_{かつどう}です。**

（本來的話，是和同事以外的人一起做的活動。）

活用——**運動会_{うんどうかい}は雨_{あめ}なら延期_{えんき}になります。**（若逢下雨，運動會延期。）

… につながります｜聯繫、攸關…

原文——**仕事仲間_{しごとなかま}への理解_{りかい}や仕事_{しごと}の効率_{こうりつ}にもつながります。**

（也攸關工作伙伴間的了解及提昇工作效率。）

活用——**言葉_{ことば}の学習_{がくしゅう}は、背景_{はいけい}にある民族_{みんぞく}の世界観_{せかいかん}につながります。**

（學習語言，牽涉到該語言背後的一個民族的世界觀。）

… 一体_{いったい}｜究竟

原文——**一体何_{いったいなに}をしたらいいのかわからない。**（不知道究竟該做什麼好。）

活用——**箱_{はこ}の中_{なか}には一体何_{いったいなに}が入_{はい}っているのかわからない。**

（不知道箱子裡究竟放了什麼東西。）

赤系列 28

從日本中小學課本學日文〔全新封面版〕
（附東京音朗讀 MP3）

初版一刷　2015 年 12 月 11 日
初版七刷　2016 年　8 月 31 日

作者	高島匡弘
封面設計	陳文德
版型設計	陳文德
責任主編	沈祐禎
發行人	江媛珍
社長・總編輯	何聖心
出版者	檸檬樹國際書版有限公司 檸檬樹出版社
	E-mail：lemontree@booknews.com.tw
	地址：新北市235中和區中安街80號3樓
	電話・傳真：02-29271121・02-29272336
會計・客服	方靖淳
法律顧問	第一國際法律事務所 余淑杏律師
	北辰著作權事務所 蕭雄淋律師
全球總經銷・印務代理	知遠文化事業有限公司
網路書城	http://www.booknews.com.tw 博訊書網
	電話：02-26648800　傳真：02-26648801
	地址：新北市222深坑區北深路三段155巷25號5樓
港澳地區經銷	和平圖書有限公司
	電話：852-28046687　傳真：850-28046409
	地址：香港柴灣嘉業街12號百樂門大廈17樓
定價	台幣290元／港幣97元
劃撥帳號	戶名：19726702・檸檬樹國際書版有限公司
	・單次購書金額未達300元，請另付40元郵資
	・信用卡・劃撥購書需7-10個工作天

從日本中小學課本學日文 / 高島匡弘著.
-- 二版. -- 新北市：檸檬樹，2015.12
面；　公分. --（赤系列；28）

ISBN 978-986-6703-97-3（平裝附光碟片）

1.日語 2.讀本

803.18　　　　　　　　　　　　　104023843